iHuman
新民说

成为更好的人

扩大出版领域影响力
创造学术界更大价值

广西师范大学出版社与香港城市大学出版社自2017年建立战略伙伴合作关系，结合双方在文化与出版上的影响力，广西师范大学出版社及香港城市大学出版社共同策划，并合作出版学术专著及大众读物，联合引进有共同意向和市场前景的国外版权图书，分别在内地和香港出版发行。

广西师范大学出版社于1986年11月18日在桂林成立。多年来，出版社坚持为教学科研服务的出版方向和社会效益优先的出版方针，以"开启民智，传承文明"为追求，为履践自身的文化使命，在以教育出版为中心的基础上，优化图书结构，形成了一轴（教育出版）两翼（学术人文和珍稀文献出版）、多元并举的出版格局。

香港城市大学出版社1996年成立，是香港城市大学的出版部门，一直致力于推动学术研究，传播知识和富创意的作品，以及提升知识转移。香港城市大学出版社主要出版三类书籍：学术书籍，专业书籍及一般书籍，范围涵盖文、理、工、社科、商、教育及法政等方面，尤其专于出版有关中国研究、香港研究、亚洲研究、政治和公共政策的书籍,竭力出版具地区影响力及长远价值的作品。

中国文化中心讲座系列

王安忆 著

小说
与
我

© 2017 香港城市大学

本书原由香港城市大学出版社出版，发行全世界。

本书中文简体字版由香港城市大学授权出版，在中国大陆（台湾、香港及澳门除外）出版发行。

著作权合同登记号桂图登字：20-2017-140 号

图书在版编目（CIP）数据

小说与我 / 王安忆著. —桂林：广西师范大学出版社，2017.8

（中国文化中心讲座系列）

ISBN 978-7-5495-9964-6

Ⅰ. ①小… Ⅱ. ①王… Ⅲ. ①小说研究－中国 ②王安忆(1954-)－小说创作－文学创作研究 Ⅳ. ①I207.42

中国版本图书馆 CIP 数据核字（2017）第 162305 号

出　版：	广西师范大学出版社
	广西桂林市中华路 22 号　邮政编码：541001
网　址：	http://www.bbtpress.com
出版人：	张艺兵
发　行：	广西师范大学出版社
	电话：（0773）2802178
印　刷：	湖南省众鑫印务有限公司印刷
	长沙县榔梨镇保家村　邮政编码：410000
开　本：	880 mm × 1 240 mm　1/32
印　张：	5.875　　　字数：120 千字
版　次：	2017 年 8 月第 1 版　2017 年 8 月第 1 次
定　价：	48.00 元

如发现印装质量问题，影响阅读，请与印刷厂联系调换。

总序

香港城市大学中国文化中心于1998年创立，其中一个任务是为全校学生提供六学分的中国文化课程。在郑培凯教授主持下，中心广邀海内外知名学者，莅临演讲。这些讲座的内容，涵盖中国文化的不同领域，经整理后，有一部分于2002年开始在香港及内地结集出版，标志着中国文化中心多年来努力付出的成果。

随着中文及历史学系于2014年7月成立，中国文化中心的任务也做了部分调整，但持续了十几年的文化讲座依然照常举行。承蒙城大出版社朱国斌教授的好意，希望在过去的基础上，继续出版"中国文化中心讲座系列"，让更多读者能接触到这些精彩的讲座内容。我乐于见到这个丰富、珍贵的文化传承延续下去，特为之序。

李孝悌
中国文化中心主任
中文及历史学系主任及教授
2017年5月4日

目 录

第一章 开展写作生涯

一 写作生涯的开端——一篇没有面世的文章　003
二 创作儿童文学的阶段　006
三 文学创作的开始　009
四 第一部长篇小说——《69届初中生》　016
五 写作的再发现——美国留学的启蒙　021
六 生活经验——重要的是内心　027

第二章 漫谈阅读与写作

一 语言的魅力　033
二 农村的阅读生活　035
三 礼失求诸野　038
四 诗与真　041
五 文字里的生活　044

第三章　细看类型小说

一　类型小说的模式　　　　　　　　059
二　类型小说的地位和分类　　　　　061
三　类型小说的结构　　　　　　　　065
四　中西小说之不同　　　　　　　　075
五　建设逻辑的原则　　　　　　　　079
六　非类型小说　　　　　　　　　　081
七　怎样才称得上一本好小说？　　　085

第四章　从小说谈文字

一　小说的存在　　　　　　　　　　089
二　对文字的执着　　　　　　　　　091
三　文字的生命　　　　　　　　　　095
四　共识的说服力　　　　　　　　　098
五　文字的表达　　　　　　　　　　101
六　逻辑的追寻　　　　　　　　　　105

第五章　小说课堂

一　写作实践课　　　　　　　　　　113
二　空间的意味　　　　　　　　　　118
三　世事洞察皆文章　　　　　　　　122
四　课上的故事接龙　　　　　　　　125

五　生活找灵感　　　　　　　　128
　　六　隐喻和事实　　　　　　　　131
　　七　爱情和美学　　　　　　　　134
　　八　自由和限制　　　　　　　　137
　　九　我们为什么要学习写作　　　142

第六章　读张爱玲与《红楼梦》
　　一　张爱玲的《红楼梦魇》　　　147
　　二　张爱玲的世界观　　　　　　149
　　三　张爱玲的伊甸园　　　　　　155
　　四　张爱玲的文艺观　　　　　　164
　　五　张爱玲与五四运动　　　　　166

后　记　172

编后感　175

第一章 开展写作生涯

从 20 世纪 70 年代到现在,我已写作三十多年了。很多读者会问,这三十多年的写作生涯中,有什么转折性的变化呢?我是怎样开始写作的呢?我想我可以从我的第一篇文章说起。

一
写作生涯的开端
——一篇没有面世的文章

1977年,我写下第一篇获出版社接纳的文章。当我写这篇文章时,"文革"还未结束。那是1976年上半年,历史还是按照前十年的节奏和去向进行,当时的年轻人正处于动荡、不确定的命运当中,有的做工人,有的做农民,亦有的得到工厂或农村的推荐得以求学。但还是有些事情开始变化,沉寂已久的出版业慢慢恢复起来,出版界开始想要出版一些杂志、书籍,报纸也有一点点要恢复文艺副刊的迹象。那时上海有一家出版社计划出版一本知识青年的散文集,就是在"文革"期间停业多年的上海文艺出版社。当上海文艺出版社策划出版这本散文集时,吸引了很多喜欢写作的文学青年投稿。其实"知识青年"这个词在当时的界定相当特殊,它指的是受过教育但又没有完成教育的青年,这些青年分布在城市和乡村各个地方,但更是指那些从城市来到乡村的中学生。其时，我已经离开农村，在一个三线城市的歌舞团体工作，但身份仍然是知识青年。我的一篇散文就获这本书的编辑接受了。有意思的是，担任我这篇散文的编辑，是当时很具影响力的知识青年张抗抗。张抗抗可以说是知识青年作者的先驱，在70年代已经出版长篇《分界线》，当时被上海文艺出版社借调来做编辑，成为我的文章的责任编辑。这是一件很荣耀的事，她不比我年长几岁，可是已是一个成熟的作家，由她担任我的责编，我这篇文章已经成功了一半，最后也真的录用了。

可是政治环境很快产生了极大的变化。1976年10月，"四人帮"被打倒了，"文革"结束，这本书的立场变得很尴尬，是否该出版呢？对这些青年来说，他们都经过了漫长组稿、改稿，最后定稿的历程。书已印成册了，我们眼巴巴地等着书籍出版发行的这一天，可是意识形态的大转变远远超出这本书里的思想。在这本书里，我们所表达的生活理想，例如决心永远坚定地站在工农的岗位，永远改造自己的世界观，未必言不由衷，但多少是受形势的驱使。事实上，这种价值观在1976年，特别是后半年，已受到很大的质疑。整个上山下乡运动在青年们的具体遭际中受到质疑，以这样运动的方式处理青年的命运是不是妥当？年轻人是不是还应有更合理的生活追求？更多机会的选择？求学是不是一件正当的事情？教育是不是要延续下去？如何评定前十七年中国教育制度和教育观念？所有的疑惑在这个时候全都露出水面，获得正当性与合法性。所以出版社最后把这本书的出版搁置下来。然后，又过了些日子，出版社写了一封信给我们，信的内容说：由于形势的变化，这本书不进入发行，已印刷的成书送给各位一本留作纪念。可惜我那本不知道扔到哪里去了,书名也忘了,只记得我的那篇散文名字叫作《大理石》。第一篇印成文字的写作没有问世,但对我来说却是一个开端,自己个人的写作受到社会的承认,原来把自己写在本子上的文字变成铅字、公开展现是可能的,所以我也愿意把自己写作的开端定于1977年。虽然这篇散文没有机会面世,但它还是跨越了一个写作社会化的过程。这一篇短短几千字的散文,可说是开始了我写作的道路,建立了我的自信心和兴趣。有时候我们不能让年轻人过于失望,因为失望会挫败意志,而我是很幸运的,我的写作没有遭受过多的失望,所以能一直保持信心。

二
创作儿童文学的阶段

接下来命运好像变得顺畅起来。1978年,虽然政府没有说外地的知识青年可以返回自己的城市,但政策开始松动,知识青年有很多回城的途径,例如说身体不好,或者父母有一方退休等等,都可以回城,我也在1978年调回上海。

1978年是一个百废待兴的年代,关闭了十年的文化单位陆续开放,很多报刊、杂志都筹备复刊了,我幸运地进了《儿童时代》杂志社。上海有《小朋友》《儿童时代》及《少年文艺》三本杂志,创刊于50年代初期,分别面向幼儿、小学、初中三个年龄阶段,三本刊物同时在"文革"中停刊。此时,杂志社一方面邀请老编辑回来——那时老编辑已分散各地,有的到学校教书,有的做普通职员,亦有的到外地工作,同时也吸纳年轻人。因为我曾有作品发表过,在当时来说是很难得的,算是有了一点成绩,所以得以加入《儿童时代》杂志社。来到杂志社后，需联络小学，于是我接触到许多的小学生，就开始写儿童生活的小说。

中国的儿童文学在我们那个年代，也许直到今天，很大程度上受到苏联的校园小说影响。比如说加入少年先锋队是我们的理想初级阶段，为更高理想——做共产主义接班人做准备，我们要留意品行、公德、操守，同学之间要有高尚的人际关系，这些题材从某种程度上来说都是从苏联的校园小说过来的。

写儿童小说给我带来好运气，一出手就似乎有回报了——我的一篇小说《谁是未来的中队长》，获得全国儿童文学奖——在这些杂志复刊的同时，许多文学奖项也恢复了。这是一个以70年代末期为背景的校园故事，但情节的核心则来自我小时候的经历。60年代的小学，每一个儿童都有一个目标，就是要戴上红领巾，成为少先队员。加入少先队是很重要和光荣的事，不加入就好像被逐出孩子的小社会似的，很羞耻。少先队有着和成人组织相同的组织结构，按各人学习成绩、行为表现、社交能力的优异，形成梯级式的管理层，包括小队长、小队副，中队长、中队副和大队长、大队副。二年级加入少先队，就要在班级建立少先中队，进行小干部的选举。我在中队长的选举中得到全票，但是老师——此时还担任少先中队的辅导员——心仪的是另一个女孩子。那位女同学长得很漂亮，除了成绩不怎么样，她真的很优秀，既活泼又热情，积极协助老师的班务工作。总之，她确实合乎中队长的标准，但可能因为老师对她的喜爱太过明显，多少出于嫉妒心，同学一致不愿意投票给她。于是，她得了零票，而得不到老师欢心的我，得到全票。这个老师虽然不喜欢我，但我很喜欢她，她是一个快活的老师，很平等地对待我们。她居然有能力把所有的票数挽回，从我这里搬给了那位同学。这件小事情在我心里也造成了一点小伤害。多年以后，我写小说时，就把这不满和委屈的情绪发泄出来。

我把《谁是未来的中队长》这个故事设定在70年代末期这个环境里，题目定在怎样才是一个好孩子，好孩子的人格应该是怎样的。我给我不愉快的童年经验赋予一个新的价值判断，就是我们要给孩子一个什么样的个性，一个什么样的社会生活。写作的人某种程度上都是生活的弱者，他们可能在很多地方未能实现自己的妄想，所以要在写作里想象自己是一个强者。想不到小说发表在《少年文艺》上引起极大的回响，在读者座谈会上非常受欢迎。这篇小说似乎很能反映受到打压的小孩的心情，于是就得到全国优秀少年文学的二等奖，由于一等奖空缺，所以是一个很好的成绩。在这样的鼓励下，我继续写了一些儿童小说，但心里却感到不满足。我经常在想为什么我不满足于写儿童小说？回想起那个年代，其实现在也一样，很多作者都是从写儿童文学开始文学创作的，我觉得我们多少有一点把儿童文学看成幼稚化的文学，觉得它的门槛比较低，容易入门，进去以后才正式开始文学创作。到目前为止，中国大陆的儿童文学还是带有幼稚化的文学色彩，所以我感到不满足。到80年代，我开始写真正文学意义上的小说。很多评论家也好，记者也好，他们很希望我表述我是什么时候开始走上文学道路的。我总是感到很困惑，我应该从那篇没有发表的散文算起，还是从儿童小说写作算起，或者，从80年代发表所谓成人小说算起？

三
文学创作的开始

80年代,我到中国作家协会举办的第五届文学讲习所学习,参加学习的学员都是已经非常著名的作家,包括张抗抗、贾平凹等。当时贾平凹已是成熟的作家,就没有来,名额给了另一个也是写作经验成熟的作家,他也没来,于是文学讲习所多了一个名额。宿舍是四人一间房,但只有三名女生,所以这个名额就指定是女生。讲习所最后决定把这个名额优惠给上海,因上海这个大城市只有一名学员,就是竹林,当时已经写了长篇《生活的路》,影响很大。这个名额落到上海少年儿童出版社,说明当时年轻作者都是儿童文学出身。出版社推荐了三个女孩子,我是其中之一。文学讲习所特别强调是给写作者提供文学补习,所以不建议高校学生参加讲习所,这是一个补救的方法,给没有机会受教育的青年补一课。上海推荐的那两个女孩子其时都在读大学,所以这名额就给了我。我只写了《谁是未来的中队长》，还有几篇谁都没看过的散文，可是机会落到我头上，至今想起来还是觉得幸运。尤其是后来又多出一个名额，就近落在北京，来的是一名女生，我们又搬进一间五人宿舍。老师们都说悬得很，要是她比我先到，就没有我的事了。

我在文学讲习所学习期间，发表了我的第一篇成人小说，名叫《雨，沙沙沙》。《雨，沙沙沙》以现在的文学归类概念，可算是青春小说，故事讲述一个名叫雯雯的女孩子，经历了插队落户回到城市，和我经历非常接近。她面临爱情问题，选择怎样的爱人和生活，这是很普遍的青春问题。她向往爱情和未来，不知道要什么，只知道不要什么。然后，在一个雨天遭遇一个偶然的邂逅，于是模糊的向往呈现出轮廓，就是"雨，沙沙沙"。开始的时候，人们很容易觉得我是因为母亲的关系才得到学习的名额——我母亲是60年代崛起的作家，她的名字叫茹志鹃，代表作《百合花》几十年都收在中学语文课本——所以对我别有看法。《雨，沙沙沙》这篇小说出来，大家都感到耳目一新。80年代的时候，写作还延续着长期形成的一种公式，题材和母题，都是在公认的价值体系中。以此观念看，《雨，沙沙沙》就显得暧昧了，这个女孩的问题似乎游离于整个社会思潮之外，非常有个人性的，所以大家都觉得新奇。那个时代社会刚从封闭中走出来。现在许多理所当然的常识，当时却要经过怀疑、思考、理论和实践才能得到，叫作"突破禁区"。今天的常识，就是那些年突破一个又一个禁区得到的。当时有个同学说《雨，沙沙沙》像日本的私小说。我们那时候根本不懂得什么是私小说，后来才知道是类型小说的一种，写个人私密生活。

我非常欢迎同学给我的小说这么命名，对当时以公共思想为主题的意识形态来说，"私"这个字的出现，是带有革命性的。

《雨，沙沙沙》是我走上写作道路的标志，主角雯雯就像是我的化身，一个怀着青春困惑的女性，面临各种各样的生活难题和挑战。她对社会没有太大的承担，对时代也不发一言，她只面向内在的自我。这小说刚出来时引起大家的关注，因为那时的小说潮流是以《乔厂长上任记》《在小河那边》为主体，承担着历史现实批判、未来中国想象的任务，有着宏大的叙事风气。我这个带有私小说色彩的小人物出现，一方面大家觉得她很可爱，另一方面又觉得她和中国主流文化、话语系统不一样，也有点生疑。总之，引起了关注。就这样，我虚构的这一个在文学主流之外的女孩子"雯雯"，忽然受到众多评论家的注意。有一个著名的评论家叫曾镇南，当时谁能够得到他的评论都是不得了的。他写了一篇评论，并发表在重要的评论杂志《读书》上，题目叫《秀出于林》。后来又有上海的年轻评论者程德培，写了第二篇，这篇评论文章的题目直接就叫《雯雯的情绪天地》。我觉得他这篇文章的命名有两点很重要，一个是"雯雯"这个人物，一个是"情绪"两个字，意味着一种内向型的写作。事情的开端很引人注目，可是接下去就不好办了，因为我的生活经验很简单，不够用于我这样积极大量的写作。外部的经验比较单薄，我就走向内部，就是评论家程德培所说的"雯雯的情绪天地"，我就写情绪，可没有经验的支持，内部生活也会变得贫乏。

我的生活经验在我们那一代人之中是最浅最平凡的。像莫言，他经历过剧烈的人生跌宕起伏，从乡村到军队再到城市，生活面很广。而我基本上是并行线的：没有完整的校园生活；有短暂的农村插队落户经历，作为知青，又难以真正认识农村；在一个地区级歌舞团，总共六年，未及积累起人生经验又回到上海城市；再到《儿童时代》做编辑，编辑的工作多少有些悬浮于实体性的生活；再接着写作，就只能够消费经验，而不能收获。有时候我听同辈那些作家，尤其来自农村的，他们讲自己的故事时，我都羡慕得不得了，怎么会那么有色彩，那么传奇，那么有故事？城市的生活是很没有色彩的，空间和时间都是间离的。我虽然有过两年的农村生活，可是因为苦闷和怨愤，农村的生活在我看来是非常灰暗的，毫无意趣可言。回想起来，其实我是糟蹋了自己的经验。

记得我在农村时，母亲写信给我，说我应该写日记，好好注意周围的人和事，可以使生活变得有乐趣，可我只顾沉浸在自己的情绪里，都没有心思去理会其他。这是一个大损失，我忽略了生活，仅只这一点可怜的社会经验，也被屏蔽了，这时候，便发现写作材料严重匮乏。等到把雯雯的故事写完，我好像把自己的小情小绪都掏尽了，就面临着不知道写什么好的感觉，可写作的欲望已经被鼓舞起来，特别强烈，写什么呢？就试图写一些离自己人生有距离的故事。

写作与个人经历的距离

开始写与自己人生经历有点距离的故事，我的文学创作似乎又继续顺利地滑行，取得了一些奖项、好评和注意。其中有获得全国奖的短篇小说《本次列车终点》。《本次列车终点》讲述青年陈信终于完成夙愿，从乡下回到上海建立新生活，却发现上海并非想象中那么完美，在上海生活并不容易。他努力争取回到一直想念的上海，以为可以将断裂的生活接续上来，可是那个断裂处横亘在他的人生里，使他失去归宿感。表面上看，这好像是一个和我有距离的故事，因为我写的是一个男性，他的生活状态和我也不太一样；但回头再看，这故事还是有我的个人经验。我离开八年再回到上海，以为一切皆好，事实上却感到失落。你以为你还能在这城市找回原来失去的东西，但时间流走了，失去的依然失去，你再也找不到，就像刻舟求剑，你再也找不到你的剑了。就是这么一个心情，还是和我个人有关系。当时我确实在努力寻找一些和我有距离的故事，企图扩大自己的题材面，但从某个角度来说，我还是在自己的经验范围里。小说里的男主角"陈信"不是我，又是我，他一定是和我靠得最近的人；如果我不理解他，不同情他，那为什么要去写他呢？同时，他又和我存在着距离，这距离可让我看得清楚。举个也许不恰当的例子：中国著名京剧大师、男旦梅兰芳，他是一个男性，身在其外，懂得女性要怎样才有吸引力，所以演得比女人还像女人。可能有时候作者必须与小说里的人物保持一些距离，如果没有距离，就看不清楚他，或者会过于同情和沉醉，那就变成一种自赏自恋。所以说作者与小说人物的关系是非常复杂的，一方面你要和他痛痒相关，另一方面又要对他有清醒的认识。

当我写《本次列车终点》的时候，题材上已经落后了。我写的是知青生活，可是从时间上来说，我已经错过了知青文学这班车,知青文学浪潮已经过去。80年代真是不得了,时间急骤地进行,先是伤痕文学,然后是知青文学、"右派"文学,然后又是反思文学,波涛迭起,后浪推前浪。知青文学早已经遥遥领先,壮烈激情,感天动地。时间上说,已经是在尾声,内容上,且不在批判的大趋势里,而是好像有点反动,写一个知青终于回到城市,面对新生活的困顿,怀念起旧生活,而这恰巧是知青文学所控诉的对象,于是又不能纳入知青文学思潮的主流。所以评论者给我定位时也感觉蛮犹豫的,他们把我定到知青文学里,因为我是知青的身份,但最安全是把我定在女性作者,这是肯定不会有误的。

另一篇得到全国奖的是中篇小说《流逝》。《流逝》写的不是我个人的经验,是我邻居家的故事。从这点来说,就和我也有关系。故事写一个资产者家庭的女性,在"文革"时经历了非常艰苦的生活,由昔日的少奶奶变成持家的主妇。"文革"结束,拨乱反正,财产失而复得,家庭秩序回复常态,但她在艰困生活中的主动性和价值感却消失殆尽,又回到传统中的附属地位。这故事虽不是我个人的经验,但也包含了我的一些心情:我们都经历了艰苦的岁月,如果那些岁月不给你留下一点遗产的话,你的人生不是白费了吗?写这小说时,我以为那是我经验以外的故事,等到成熟以后回过头看,故事的情绪还是和自己的经验有点关系。

如果你们将来要写小说,要注意一个事实,新人一定会得到好多好评的,大部分人对新人是很宽容的,会对你说很多好听的话。但当过了新人阶段后,你会得到不同的评价,这段时间一定要冷静。我的作品得到更多人注意后,对我的批评也开始多起来,这些批评可能更客观,标准也更高。无论你能接受还是不能接受,它都是在帮助你，帮助你形成你的认识论和方法论。批评说我好的地方是从主观世界走进了客观世界，说不好的也是这个，认为我放弃了自我。当时确实也很苦恼，你真的不晓得应该怎么做才好，但可以写作的欲望是这样强烈，无论多么茫然，还是要写下去。

四

第一部长篇小说
——《69届初中生》

恐怕大家都不知道我的第一部长篇小说是哪一本，大家都只记得《长恨歌》或比较近期的《天香》等，我第一部长篇小说的名字叫《69届初中生》。我在1983年下了一个决心，写一部巨著。一方面是对篇幅的挑战，当一个人刚刚开始写五万字的中篇以后，二十五万字的篇幅对于他本人来说就是一部巨著了。那时候有很多成熟的作家在写长篇，写长篇一定有压力，尤其对我这样的一个人来说，因为我写作的体量一般而言都是有限。体量，就是又一方面的挑战。由于经验所带来的材料缺乏，还有关注点的向内，我常常被批评不够宏大，那么，就从外部着手，先给出一个宽裕的容器，然后往里添料。就这样，我下决心要写一部长篇。那么长篇靠什么来支撑呢？那时候，我想我已经活了二十多年了，二十多年的生活，还充斥不足这二十五万字的长度吗？于是我调动了所有的经验去写这个长篇，所以这个长篇小说开宗名义就是带有自传性质的，因为它叫《69届初中生》，而我就是69届初中生，这个故事很大程度上消耗了我拥有的生活经验。

或许我应该先解释"69届"的意思。"69届"就是上世纪的1969年毕业的中学生。但在"文化大革命"时期，"届"的划分又有着特殊的意味。1966年，"文化大革命"开始，正是66届毕业的时间，67、68届且正在就读中，这三届学生我们称作"老三届"，他们是在正常时间里，通过中考而进入中学。之后，从69届开始，考试制度废除，便是以居住地方为划分进入中学。"老三届"这一称呼，有着非常鲜明的时代色彩。1983年我在美国，有一次到哈佛大学，有一位美国女学生走到我跟前，她金发碧眼，但一张口竟是一口标准北京普通话，是我们南方人都不会有的"京片子"。她见到我，就说："我是68届高中的。"我吃了一惊，因为这几乎是我们这代年轻人相遇时自报家门的方式：我是哪一届的，你就大概知道我的年龄、学籍、经历。后来，我才知道她是韩丁的女儿，叫韩倞。

方才说了，1966年是"文化大革命"的开始。这一年的初中、高中毕业生都不能升学，于是乎原本要在1966、67、68年毕业的初中或高中学生，全在此时中止学业。所以，一说"66届的"，就知道是已读完三年初中或三年高中的学生，至少接受了一个完整的中学教育；"67届的"则指那些只读了两年初中或高中的；"68届的"就只读了一年初中或高中。而我恰巧是"69届的"。69届是一个非常暧昧的届别，该年的中学毕业生有什么样的求学过程呢？1966年"文革"时，我在读小学的最后一年，正常的话，毕业后我应该升上初中，然后于1969年初中毕业。然而，"文革"把一切打乱，所有的学校教育都中止了，中学生在中学里闹革命，小学生还无法参加革命，就只能在小学阶段滞留，等待安排。所以我们延迟到了1967年的年末，方才进入中学，可是中学教育停止了，政府还是不知道该如何安排我们的学习。有几次"复课闹革命"，也都无疾而终，还有过数度"开门办学"，去工厂和乡村，就这样度过两年中学生活。来到1969年，从理论上说，是我们毕业的年份，可是高中依然没有恢复秩序，而上山下乡运动已经开始，那时有个说法叫作"一片红"，就是全部到农村去，没有一个例外。之前的毕业生，尚有一定比例留在城市，在工厂或者商业部门，而我们"一片红"。所以，在上海，只要说自己是69届初中生，别人就知道第一你没有读过中学，第二插队落户——去到农村，学习做一个农民。顾名思义，我这本长篇小说，写的就是这样一个69届初中生，也就是我自己。

我决定写这个长篇的时候和母亲谈过。母亲知道我是一个固执的人，所以从来不太干预我的创作、我的生活。但她听了我这个计划以后，不以为然地说了一句话，她说："你现在写这么一个自传性的东西有点太早。"她的话是有道理的，因为我还年轻，生活经历还没积累起来，见识也不足够，远远未到回顾的时候，写一个带有自传性质的长篇小说，不能更好地利用有限的材料，即更好地释放它的价值，会把它都浪费掉。但从另外一方面来说，她这么说也有不对的地方，倘若你错过渴望写作的时机，以后也许你就不会再写了。我今天回过头去看以前的一些作品，我都觉得看不下去，看得背上冒汗，怎么写得那么差，还能一口气往下写，真觉得自己不知好歹。可是有一点我很清晰，如果我那时不写的话，我现在也不会写它了。写作就是这么一回事，一股冲动上来你就必须抓住，不能错过。那时候你对它的认识肯定是浅薄的，可是今天你的认识深刻了，你却可能不会写了。有时候你必须承认你的认识是从浅薄里走出来的，但你不能说它不是我的认识。而且，经验可以储备，而激情却转瞬即逝，没有当时当地的情绪，这经验也许永远不能进入你的写作了。

这个69届初中生的名字叫雯雯，就是我前面写的《雨，沙沙沙》里的那个雯雯。我写的时候好像有点负气，想把我的经验一股脑用完算了，同时也作一个告别，我要告别这雯雯了，告别我个人的经验，我要举办一个隆重的告别仪式，从此和她一刀两断，不再写她了。虽然这小说可说是我的自传，但却也出现一个分裂，它的分裂在什么地方呢？这小说的前三分之二，有很多细节都是我的亲身经历，从这个雯雯出生、落地、看世界，一直写到她上山下乡。可是到将近结束，大概最后三分之一的阶段时，她发生了一个裂变，我把她从个人经历中摘开，纳入普遍的人生中。我让她从农村回到上海以后，就和所有的69届初中生的命运一样，到了一个街道工厂，手工业作坊式的生产单位。上海有一个街区叫"田子坊"，它是一个很有历史意味的地方。坐落在城市中心地带的大型里弄房屋，居住着这城市的中等市民。社会主义建设的"大跃进"时期，许多小型工厂在此落地。不要小看这些作坊式的工厂，很多著名的品牌就是从这些小作坊里出来。上海领先全国的民用品工业，有着它们的一份。"文革"后，虽然已经开放高考制度，但69届初中生因为没有得到中学程度的教育，往往从高考的福利中缺席。当然,也有极少数人,挤上了这班车,可谓69届里的人凤。而普遍性的命运是,回城以后,进入这些作坊式的小工厂工作。这些作坊式的工厂往往是集体经济所有制,得到的社会福利都是低一等级的。然后,到了改革开放时代,这些工厂几乎无一幸免地关、停、并、转,员工下岗,提早退休,成为城市弱势群体。雯雯回城以后,我把她安排到这样一个弄堂工厂,加入普遍性的人生。这时候,雯雯已经和我分离了,小说由此从自传体裂变,因为我的命运没有像她那样,我是经过努力,走上另外一条比较特别的人生道路。不过,在这个分裂里我得到一个体验,放在美学的范畴里讨论也可以,就是到底文学的本质是书写个体性的命运,还是普遍性的命运?"个体"与"普遍"的关系我们怎样处理?

五
写作的再发现
——美国留学的启蒙

1983年发生了很多事情。除写长篇小说外,我还去了美国爱荷华大学参加国际写作计划(International Writing Program)。这两件事情似乎是同时发生的。记得1980年我在北京文学讲习所学习时,讲习所邀请了几位嘉宾,其中就有创办爱荷华国际写作计划的聂华苓和她的先生保罗·安格尔(Paul Engle)。保罗·安格尔是很有名的诗人。随他们一起来的还有年轻的李欧梵,当时他已经在美国大学任教授。他们向我们介绍爱荷华国际写作计划、美国文学,同时也介绍了一些台湾文学。报告会的其余时间里,聂华苓老师让我们提问。我们三十几个学员大多是全国范围有点名声的作家了,可是一个问题都提不出来,因为不了解,不晓得什么好,就这么木然地看着他们。那时候,中国刚刚结束离群索居的历史,世界离我们特别遥远。场面有点尴尬,等了半天,有一个来自广州的作家,当时也已经得过全国小说奖的孔捷生,请他们谈谈琼瑶。广州是率先开放的地方,比内地作家见识要多,但能够提出来问的也就是琼瑶,似乎不属于他们几位要回答的问题。但是聂华苓是一个友善的人,她很耐心、很客观地谈了琼瑶。当他们介绍这个国际写作计划时,表达了一个理念,就是希望能够有很多声音在这个地方发出,而不仅是以欧美为中心的主流。没有想到三年以后,我真的随母亲茹志鹃一起到美国,参加爱荷华国际写作计划,仿佛做梦一般。

果不其然,写作计划邀请的作家多有来自世界边缘、第三世界、后发展、政局动荡、前途不确定的国家地区。所有作家按地缘政治体制划分,安排各个小组,每个小组举行一场报告会。于是,全世界的问题都展现在我面前,给出一个世界性的景观,让我有可能对自己经验的价值重新进行判断,自己经历的那一点困苦没什么大不了,我的中国经验很可能是片面的。这是一个重要的启蒙,让我张开眼睛,不总是看着自己那一丁点事情,而是学着越过自己的经验去看旁人的经验。

在写作计划中我认识了台湾作家陈映真。80年代初期我从一个封闭的世界走出来,什么东西都是第一次看到。我到美国前,没有见过超级市场,没喝过可口可乐。那时在内地,可口可乐都是在酒店出售,用特别的外汇券才能买到。我也没有吃过肯德基炸鸡、汉堡包、披萨——在欧美小说里被译作"意大利脆饼",什么都没见过,就这样两眼一抹黑的。到了美国以后,世界好像一下子打开了大门。美国是一个富裕国家,而我们是从物质匮乏之中过来的。我最感到惊讶的是,美国无论餐馆、咖啡馆,纸巾是随便拿的,在我们的国度里有什么是可以随便拿吗?没有。我们下乡的农村有一个规定,收花生或者收瓜的时候,我们可以随便吃,可是不能带走。因为吃是有限的,再怎样敞开吃都是有限,要是带走就难以计量了。但是80年代,中国的发展非常快速。记得我是在美国第一次见到纸盒软包装的饮料,可是当回到上海的时候,上海也有了,那一年的时间节奏特别紧密,多少东西从无到有。我在一个物质匮乏、思想封闭、政治动荡的社会,度过成长的阶段,错过了学府教育。相反,贫瘠不公的乡村经验则使我充满着愤懑的情绪,就像是一个过期的青春叛逆者,就这样来到了什么都是敞开的美国,从物质到意识形态,全都向我敞开着。在这个敞开的世界,如果没有陈映真的提醒,我可能很快会变成一个物质主义者,推而远之,成为一个资本主义终结论者,具体地说,也许我会留在美国,从留学生做起,纳入另一个生活领域。

陈映真倒也不是说美国有什么不好,他只是对我的经验表现得不怎么有所谓。当我去向他描述"文革",描述我们的生活,描述我们这些年很不幸福的遭遇——这是那个时期我们与外面世界交流的主要话题,总是能够引起强烈的反应——陈映真的态度却很平淡。他的意思是说,人人都有不幸,你看我们这些作家,哪一个是幸福的,哪一个不是来自有很多问题的国家?所以我特别感谢聂华苓和保罗·安格尔所创办的国际写作计划,这给予我一个重要的思想经历,让我有可能建立一个宽广的认识背景,重新检验我的个人经验,这些经验当然不能说不算什么,可也不见得算什么,还有更不幸的事情在我们说话的同时发生。对我而言,这称得上是一个启蒙。

陈映真是我的启蒙老师，他开拓我面向的广度和深度。在写作计划前半部分，大概有三个月的时间是在爱荷华城度过，然后有一个多月的时间旅行全美。陈映真亲自安排了我的旅行，这一期的中国大陆作家除我母亲和我，还有老作家吴祖光先生。旅行中，我们有分有合，我和母亲基本沿着陈映真设定的路线。80年代初期，在海外的华人大多来自港台，他们或者求学，或者移民，成家立业，有比较好的生活环境；而大陆的留学生刚刚起步，货币不能自由通兑，生活都非常拮据。多少是因为大陆留学生当时的处境，让我最终放弃在美国留学的念头。我是很怕吃苦的人，插队落户已经吃了一遍苦，不想再来一轮，美国既吸引我，又让我畏惧。但那时候没有一个人认为我应该回去，都说已经出来了，回去干什么？还有很好心的人主动帮我申请奖学金。旅行的一路上，陈映真安排我们见他的朋友，我记得我们一路的旅行常是到他的朋友家住，他们大多是海外保钓运动的健将，有一些被吊销护照，不能够返回台湾，留在美国。他们一夜夜地跟我们谈话，谈他们的经历、谈他们的认识、谈他们的命运、谈他们多年研究的结果，听他们谈美国、谈台湾、谈亚洲、谈对中国的期望。他们都是理想主义者，我也是理想主义者，但他们的理想更是建立在整个后发展民族的境遇里，对全球资本主义体系有着深入的研究，而我此时的理想只是停留在西方世界提供的摹本。对一个青年来说，就像是一下子打开了眼光，知道面前还有很长的路，而且不是只有一条路，而是有很多条路。没错，那时候的我们是怀有挫败感的，但是我们不是写小说、从事文学的吗？可不可能用我们的想象力开拓一个世界呢？这就是陈映真对我的启蒙，它影响了我迄今几十年以至于未来的写作生涯。

从美国回到上海,应该说是处在一个困难的时段。一方面是美国的经验有压倒性的优势,把我的经验贬值了,觉得自己的经验那么单薄、没有深度,我还可以写什么呢?另一方面,已有的六七年的写作实践也在告诉我,从美学角度来说,光用自己的经验这点东西也是不够的,该如何继续写下去?这个困境底下的潜在的问题,就是当时你为什么写作?如果是为了宣泄感情,我已经宣泄过了,是不是还要继续宣泄呢?如果继续宣泄的话,你还有没有供宣泄的资源呢?其时,我的生活处境已经改变,上山下乡很苦闷,没有出路很苦闷,思想的禁锢很苦闷。可是现在,思想解放,我回到城市,并且有了自己的事业,生活和精神都有出路了,我已经不那么苦闷,我需要宣泄的是什么呢?经过许多时间,我渐渐知道现实生活跟美学生活是两种生活,既有关系又没关系,当你决定要做一个写作人,那你就是要做一个在美学生活里的人,做一个在文学生活里的人。

有一位作者阿城,称自己会算命,我们聚会时就叫他算命。算到我时,他故弄玄虚的,说不好算,因为我的命运已经托出去了。托到哪里去了呢?托到另外一个世界里去,所以不能按照现实里的生活来推测我的命运,我们写作人是按照另一种逻辑生活的。现在我想到阿城这句话,虽然有些胡扯,但还是觉得很有意思的。我们这种人,是在一个虚无的空间过着生活。回到刚才的话题,一方面我现实生活里的命运不断地改善,使我的激愤缓和了,过去拥有的经验在贬值,进步的认识在削减它的价值;然而,另一方面,写作本身却向我要求更高的价值。我被一种创造的欲望压迫,好像如果不写作的话,都不知道要干什么好。可是写什么呢?生活里其他什么都激动不了我,只有写作,可是写作的资源却消失了。写作当然是和成功有关,从某种程度上来说,成功是有快感的。张爱玲说成功要趁早,趁年轻好好享受成功的福利,这句话不全对,但也有一点点道理,就是它让你有价值感。不过,比成功更重要的是写作本身的快乐,如果它是件非常无味的事情,也许你就放弃了。

六

生活经验
——重要的是内心

现在的年轻人没有经历过匮乏的年代，尤其是大陆的孩子，多是独生子女，没有经历过争夺的日子。生活在富裕的社会，他们的生活确实是比较顺利。顺利的生活带来的却是平淡，缺乏丰富性。但是真正来衡量一个人的生活是不是丰富，恐怕更取决于心理经验。

普鲁斯特一个人躺在床上，生活是优渥的，不需要谋求衣食，一天到晚沉浸于冥想。他向我们证明，冥想的能量同样足够促成伟大的小说家。当然，普鲁斯特肯定写不出像莫言的作品，莫言拥有着极其丰富的外部生活，多姿多彩。莫言的乡村里有无数农人，经历着同样的人和事，可是能成为莫言的就只有他一个。因此，莫言之所以为莫言不只是取决于他的外部生活，更取决于内部，也就是冥想。我们身边存在着很多事物，每个人都有反应，反应的差异决定你是什么样的人。世间的生活，大体上差不多，在彼此相像的经验底下一定是存在着差异，这就要看个人体察的能力，如何发现事物，又如何表现事物。

哲学家和作家是相反的。哲学家可以在很多不同的东西里发现相同的东西，但是作家，则是在看似相同的东西里发现个别性。一般人眼睛里彼此很相似的事情，在作家眼里，却会不相像。还有的情形是，很多事情在当时当地来看并不觉得怎么样。过去以后，当你经历过更多的人生，有了认识，再回过头看，才发现独特性。所以，作家又是一种总是在回顾里生活的人。因为，我们写的任何东西其实都已经发生过了，都是过去式。我曾在澳门大学郑裕彤书院做工作坊，同学们交上来的作业差不多都是写校园生活的，大家笔下的校园生活所见略同，不外乎爱情、友谊、师生关系、宿舍起居。这些人和事近在当下，来不及拉开距离审视。我说能否谈谈你们从小生活的地方，当他们谈到从小生活的地方，谈到他们的父母，气氛就变得活跃起来了，特殊性开始呈现起来。这些遥远的事物，其实是带有起源性质的，它潜藏在表面相似的经历里，使共同的生活分化。当然，今天的生活确是越来越走向同质化，这是一个困扰全世界作家的问题，所以作家笔下最常出现的就是主流以外的人。流浪汉、精神病患者，或者是性别取向异常的人，为什么这类人会成为作者笔下的故事呢，因为主流生活已经格式化，唯有往主流外面的边缘地带去寻找艺术的对象。但这只是一个策略，本质性的还在于内心。

让经验释放更大的价值

几十年的写作实践，我可自称是一个职业作家，"我为什么写作"这个问题常常浮现在我心里，最初的答案已经不够解释了，新的又是什么？经过很长的时间，终于有一句话来回答媒体、回答评论者、也回答我自己，就是"我要创造，我渴望创造"。我渴望创造的是我在现实里无法实现的一种生活，无法兑现、仿佛是乌有之存在，但在某种程度上又和我的生活有关系，如果没有在现实生活中积累起的情感的容量，我不可能产生创造另一种存在的欲望。好比我现在是一个木匠，我造一张桌子，我用的材质是木头，但这木头不是块死木头，它是由一棵树长成的，这棵树是有生命的，由巨大的生命力促成的一个占位。我这个木匠为了某一种自私的需要，很残酷地把这棵树给斫下来，造成一张桌子，这张桌子则在空间里形成一个全新形态的占位，另一个从无到有。

在某种意义上来说，我们这些写作者也有残忍的一面。我们可以把自己活生生的经验割裂下来送出去，有时候割裂下来送出去的东西还不见得有价值，它的价值还抵不上那经验本身，可是渴望创造的欲望很强，就顾不上这些了，哪怕把我活生生的经验变成一段死木头，样子难看极了，我也得去做。我曾经在浙江乌镇参观一间床博物馆，里面陈列着很多木床，造得非常华丽，有的就像一间小房子，有几进，第一进是起居，第二进是盥洗，第三进最里面，才是卧床。床架帐屏顶棚布满雕镂，有花卉、虫鱼、鸟兽，还有各种仙俗故事，最壮阔的是一整部三国。最使我感到有意思的不仅是它工艺的繁复，而是木匠造床的规矩，不收工钱，收红包,一个大红包。原因是木匠给人造床是要折寿的,造棺材则是积德,这是个奇怪的理论,一定有着现代人不能解的伦理。造床的木匠是要留名的,木匠会做一块精致的木牌,刻上自己的名字,非常具有仪式感。我想这确是一件需要隆重对待的事情,一棵活生生的树造成一张床,让它在新造型里复活。要造一张好好的床才对得起这棵树,就如我们要写一部好好的小说才对得起我们经验的生活和感情。因此,我在不断地认识我的经验,寻找更好的方式表达,使我阅历过的时间在另一种时间里释放出更大的价值。

第二章 漫谈阅读与写作

对写作者而言，阅读不仅是工作，也是生活。上一章谈到了我的写作历程和心得，一切都是因兴趣而生，为什么我独对写作有兴趣，这兴趣从什么地方源起呢？回顾起来，就是阅读，值得说一下。

一
语言的魅力

首先谈一下母语。什么是母语？它是与生俱来，而不是后天学习的。曾经，有一位学者反对双语教学，他认为一个人应该先学会一门语言，那就是母语，然后再去学习别的语言。后天学习的语言，再怎么都是有隔膜的，和你的生命、血液没有直接关系。"母语"这词起得很好，不意味所有的语言，而特指那个和你特别亲密、骨肉相连的语言。

在日常生活中，我们都处在阅读的活动中。为什么这样说呢？其实每个人都有一种潜在的爱好，就是喜欢听别人说话。对作家来说，这爱好是明显的，但对一般人来说，它可能比较隐蔽不自觉。在任何一种组合的群体里，总有一个特别会说话的人，而其他人则很热衷听他说话，可能是他本身有说话的天赋，亦可能是被众人推举出来的，演说家有时候是被听众培养的。为什么会有这种说和听的爱好呢？我认为就是语言的魅力。而母语，因为有共同的认知，便能产生共同的想象。从某种程度说，阅读也是想象力的活动。

举个例子，童年时我居住在弄堂，上海市中心的街区大多以弄堂划分。我们家的弄堂紧挨着另一条弄堂，两条弄堂之间原本有一堵墙。1958年"大跃进"，发动全民大炼钢铁，以增加国家的钢产量。那材料是从哪里来呢？大家就把铁窗铁门拆下来，墙也推倒，取用水泥里的钢筋，用作冶炼的原料。我们两条弄堂之间的那一堵墙就拆除了，这种土法炼钢很快就证明完全是浪费，最后生产出一堆废铁。

两条弄堂就此打通，敞开，不同阶层不同方式的生活就照面了。我们的弄堂，人口比较少；那一条弄堂，人口比较多，孩子也多。我们弄堂的空地大，那边则是狭小的，于是，那边的孩子经常跑来我们这边玩。他们的孩子都很具有室外运动的能力，男孩子往往是踢足球、溜旱冰；女孩子的游戏也是运动型的，有一个阶段，她们玩的是跳马、弯腰、翻跟斗、柔软体操和舞蹈。由一个女孩子领头，一群小姑娘占据了我们的弄堂。我们这边多少出于嫉妒，开始驱赶她们，抢占地盘，最后不知道怎么和解了。这一个领头的女孩子，非常有魅力，她不只活泼漂亮，还很会说话，掌握丰富的书面语和俚语。也许和她的生活背景有关，她的母亲是沪上一位著名的滑稽戏演员，她从小又在剧团长大，有时也上台客串些儿童角色，因此养成语言天赋。自从我们交上朋友，就放弃了弄堂里的活动，而是转到户内，听她讲述各种见闻，我们都被她吸引了。

二
农村的阅读生活

在农村插队落户的时候,村庄里有一个男青年,也是会说话的人。他读过高中,在当时农村是很少有的高学历。他本来就爱说话,再加上语文教育,说起话来滔滔不绝,大家都非常爱听他说话。那时是人民公社的体制,又在学习大寨式的劳动评工分,以生产队为单位,集体给每个人评定工分标准。男性壮劳力通常每一工十分,以村落为组织基础的农村社会,还保持着宗族关系。农人们都是乡里乡亲,难以划分厚薄,但是学习大寨是个政治任务,一定要评出高低,减谁的好呢?就减他的,定给他九分半。去掉他这半分的理由是他一旦打开话匣子,周围的人都不干活。倘若是锄地,那么锄头扎在地里,听他说话,不就耽误了劳动生产?这理由说起来有点荒唐,但是可以想象他说话多么好听。

我们庄里还有一个大哥,据说曾经在一个戏班子里唱过戏。

这样的文明教化,使他的说话能力、表达能力和对语言的掌握更上一层楼。他说的可不是一般的话,而是有戏剧性的话。他喜欢讲故事——乡人们称作"古",叫作"讲古",我从他讲的故事,领略到民间说史的意韵,所谓"渔樵闲话"。他讲述过一个秀才进京赶考的故事。这个秀才要进京赶考,很是紧张不安,临行前晚上做了几个梦,这几个梦的情节都很诡异。他的丈母娘会释梦,他就跑到丈母娘家求解。很不巧他丈母娘出去了,只有小姨子在家,小姨子就问他有什么事。秀才说:"我做了些怪梦,心里很不安,想找丈母娘释解。"小姨子说:"我已经跟母亲学了几手,不比母亲差,可以替姐夫你释解。"第一个梦是太阳地里打伞,小姨子说这个梦很不吉祥,"多此一举";第二个梦是墙头跑马,小姨子说更不吉利,"有去路无回路";第三个梦是树上挂棺材,小姨子说太不吉利了,"死无葬身之地";第四个梦,是他跟小姨子在一起睡觉,小姨子说"痴心妄想"。秀才很沮丧,便打道回府。回家的路上,碰到丈母娘,丈母娘问他为什么这么不高兴,秀才就一一把来历说给丈母娘听。丈母娘说:女儿只是三脚猫,你不妨告诉我,我再替你释一遍。第一个梦,太阳地里打伞,丈母娘说是很好的梦,"万无一失";第二个梦墙头跑马,丈母娘说好极了,"一趟成功";他的情绪上来点了,就说第三个梦,树上挂棺材,丈母娘说太好了,"一品高官"。大哥刚要讲第四个梦的时候,旁边有一个听故事的农民,叫他不要讲下去了,说我们都是没有出阁的闺女,有伤风化。大哥就非常潇洒地,一下子站起来说声"完了",就走了。所以到现在我都不晓得第四个梦丈母娘是怎么解释的。

民间到处都有一些会叙述的人，他们也许不认字，不会书写，但在他们讲、我们听的时候，彼此已经在过着一种写作和阅读的生活了。

三

礼失求诸野

我为什么常提到农村呢？农村和城市不一样，它带有起源的性质，尤其是大陆中部、黄河流域的农村，持续和保存着几千年的道德伦理，农人们在耕植生活中接受文明教化，是比近代城市的市民更有行为风范的。

我在农村时，常常听到农民批评上海人不懂规矩，他们则规矩严明。例如我们询问人的年纪，总是说："你多大了？"以他们的说法，只有十岁以下的孩子，才能用"多大"。我们给父母寄信，信封上直接写父母的名字，他们认为应该再有"父母大人"几个字。在我插队的安徽北部乡村，没有出阁的女孩不能说"干活"，要说"做活"。"干"这个字不能出女孩口，男性也不能当着没有出嫁的女孩子说"干"这个字，大约是和性有关系。后来，我读张爱玲的《小团圆》，发现书中所写的家族也有这个禁忌。再想，张爱玲的祖上是安徽合肥，算是一个地域的传统。禁忌中还有，没有出阁的女孩子不能说"高兴"，只能说"开心"，也不能说"无聊"，"无聊"是一个严重猥亵的词。我不知道我所在的农村经历过什么文明上的演变，尤其年轻的男性绝不能在没有出阁的女孩面前说"乖乖"，他们有时候会感叹一下"我的乖乖"，可是在女孩子面前说就是一种冒犯。这让我想起明清小说里会把情人叫作"乖乖"。我亲眼看见一个女孩对一个男孩大发雷霆，因为他不自觉中吐出一个"乖"字。

语言禁忌很多，一定是有来历的，只是我们现在找不到源头。在我们村庄上有一个女孩子，她的样貌我至今记得很清楚，非常温柔，大方贤良。她的父亲是我们的生产大队长，应该属于权力阶层，但是当时农村普遍贫穷，这点权力并没有帮助她脱离庄户女儿的命运。她是家里的老大，要帮忙做家务、照顾弟妹和挣取工分，所以没有上学，不识大字一个。有一日，她嫁到本村的表嫂，在地头做活的时候，把她拉到一旁，跟她说："我娘家有一个兄弟，家底挺厚的，我想给你提门亲事。"表嫂对家底厚的解释是到春天的时候，家里还有三口袋粮食。春天是青黄不接的季节，存粮将尽，新粮还未成熟。这时候不仅没有断炊，还有三口袋粮，意味着相当的富裕。女孩子听了此话勃然大怒，却不失端庄。她说："表嫂，你这就不对了。提亲的事怎么能跟我说呢？你应该对我大我妈说。"我们那里，父亲是称作"大"的。

你们觉得这句话很熟悉吗？在《红楼梦》里，薛宝钗说过相似的一番话。薛姨妈受贾府嘱托，和薛宝钗说她和宝玉的婚事，薛宝钗正色道："母亲，这个事情你不该和我说，该是和父亲商量。

现在我没有父亲,你就该和我哥哥商量。"你会奇怪,一个偏远的农村,从来没有读过书的女孩子,可是她的伦理观,甚至她的说话方式、措辞用语,和薛宝钗这个大家闺秀如出一辙。中国文化是一个强大文化,体系也非常完整。有一句话叫"礼失求诸野",我在想这就是"野"。在我们的现代生活中,可能有很多的"礼"都已经涣散、崩溃了。可是,它星星点点地仍在坊间、民间流传。

在农村的生活,就如阅读一样。很多教化、礼制、仪式,或许在城市,尤其上海这样的近代资本建立的城市里消失了,要透过书本才能窥察,却还在乡间真实地呈现出来。我还记得刚到农村时目睹的一场葬礼。这场葬礼很隆重,去世的老太太有一个地位较高的后代,是人民公社的干部,所以她下葬的礼仪很高。虽然她活着的时候少有人在意,好像挺凄凉的,可是身后的哀荣却是相当盛大。我目睹了很多可能是从《周礼》延续和演变下来的场面,比如说她的女儿要哭着回来,表示奔丧:在离家还有半里地的麦田里就大放悲声,一路嚎哭着进娘家门。之后是连续几天的流水席,就是不论饭时,不间断地摆宴。最后的出殡,场面最为壮阔。她的曾孙子打头,负责挑幡,起灵出家门,走过村道,停在村口,摔破一个瓦盆,再度起步。后面是她的儿孙辈的男性,拴着哭丧棍——一截半尺长的木棍,必躬腰折背才能及地,就这样向前走,同时发出沉重的呜咽声。身后是女性家族成员,互相搀扶,放声大哭,女声的高音在低沉的男声之上,形成类似和音的效果,我想这大约就是"乐"的变通。

四

诗与真

回到阅读书本。我到农村去的时候是十六岁,那时的我,文字生活已经非常顽固地占据了我的生活空间,没有书本阅读不成,所以也就带了一些小说。当时的小说类书籍非常有限,"文化大革命"几乎将所有的文学读物都判为反动和非法,家里的书已经处理掉大半。书店里空荡荡的,图书馆关门,出版社停业。我带去的书是家里尚存的几本建国以后的出版物:农村题材小说集。村里有一个女孩子,读过中学,她喜欢找我玩,来到我的住处,就翻阅我的书。一次,她翻到赵树理的小说《春大姐》,就放不下了。其时,我们村庄还没有通电,她直看到天黑,第二天又过来接着看。我问她为什么那么喜欢这篇小说,她回答道:"你不知道,这个故事跟我们庄上的迎春特别像。"

《春大姐》是一个中篇小说,讲述1949年以后人民政府领导下的农村生活，一个女孩子和一个小伙子自由恋爱，冲破很多阻力，有情人终成眷属。这一类故事在新婚姻法发布的时期非常普遍，但是赵树理的写法跟别人不同，他长期生活在农村，非常了解农民，懂得农民审美的情趣。听女孩这么说，我觉得很惊讶，我所在的农村那么灰暗，那么落后，可是赵树理笔下的农村却很明亮，而且向上，可是她却有这样的联想！她竟然觉得庄上的迎春与赵树理笔下的"春大姐"是相像的。

这女孩告诉我，当时庄上的迎春和本村的小伙子好上了，娘家很反对。娘家反对的诸多理由中，重要的一条是因为都是本庄人，传统上本庄人是不结亲的。不知道是出于血缘相近不利于生育的原因，还是其他，比如说，婆家和娘家在一个庄上，人际关系重叠，会有许多难看之相处。听起来有点勉强，可我觉得其中包含的人情世故，总归有它的道理。不顾迎春家反对，两个年轻人执意要好。有一天，迎春的父母狠狠打了女儿一顿，想不到这一打就把她打出家门，跑到相好的男孩家去了，这是很勇敢的行为，同时也很鲁莽。但男孩家人都很高兴，娶亲是一件很破费的事情，是家庭财政的重大支出，不料天上却掉下个新媳妇。第二天，全村人都看见男孩的母亲笑得合不拢嘴，进城去买脸盆、热水瓶、新衣服，忙着办喜事。

就这个发生在身边的真实故事，我和这个女孩子的反应是多么不同。我认为现实生活和书本的故事相比起来，真的太灰暗了，书本上的世界和真实的存在格格不入；她却跟我相反，她在文字里看到了她的生活，她显然比我更热爱她的现实世界，这个现实世界可能在文字里变得更有趣。我就想到一个问题：这两个世界，一个是文字的、想象的世界，另一个是我们实际上生活的世界，我们怎么样来对比这两个世界的力量呢？我很难说服自己现实和书本里是一致的。但是，我们怎么处理文字世界和现实世界的关系呢？或是我们全面投降，服从于现实生活？或者是用文字抵抗现实，那么又该如何抵抗？等许多时间过去，我渐渐想到，我必须有一个强大、更合理、更有说服力的文字世界，才能抵抗当时所身处的这个灰暗、让人打不起精神、平淡无意义的世界，这可能就是我们写小说的人的内心驱使。我要特别提到一个老先生——金克木的话。金克木先生有一本类似《论语》的杂文集，书名叫作《文化卮言》。其中一节的标题为《诗与真》，谈到歌德的自传，他说："我们中国人经常将假和真对立，却很少把诗和真并列。"他怎么解释这句话呢？他说："我们可以把真作为一个不变数，不论是指真理还是指真实。那么假便是负号的真。但是诗却是正负号的，又真又假，又假又真。"我理解这个正负号的"诗"，是经过两次否定，从真到假，再从假到真。所以我想，如果我们要创造一个和现实世界对抗的存在，不是用假来对抗，而是用诗。这个"诗"，我以为是泛指一切艺术虚构，对我们来说，就是小说。那么我们如何建设一个小说的世界呢？用什么准则建设小说的世界？阅读又怎样帮助我们建设小说里的世界？

五

文字里的生活

童话与悖论

我想先从我的阅读生活来与大家分享我的成长经历。我似乎回想不起我是怎么学习识字和阅读的,好像生来就会了,阅读对我来说很自然,睁开眼睛看世界的同时就看见了文字。我的生活似乎从来是分成两种,一种是在实际当中度过的,就是吃饭、睡觉、和父母相处、和小朋友一起玩耍;另一种生活则是在文字里,它给了我一个另外的空间。

我初始的阅读,大都是童话和民间传说。有一个童话故事我至今仍记忆犹新。故事讲述一个勇士受到上天的指令,让他去捕捉一只玉鸟,于是登上冒险的征途。上天以很郑重的语气派遣他,他就以为这次出行会很困难,艰险重重。想不到一路顺风顺水,很快就到达了玉鸟所在的宫殿。宫殿的门敞开着，也无人看守。进到深处，玉鸟独自立着，丝毫没有反抗，顺从地让勇士捕捉在手。玉鸟对勇士说："我可以跟你走，但有一个条件，就是我给你讲故事，你听了我的故事不能叹息，你一声叹息我就飞回去了。"于是，勇士就松开手，玉鸟立在他的肩头，往前走去。玉鸟讲了第一个故事，勇士忍不住发出叹息，玉鸟就飞回去了。勇士返身抓回玉鸟，再一次上路，玉鸟讲了第二个故事，勇士又叹息了。玉鸟飞回去，勇士回去抓，第三个故事开头……来回反复，一直到第九次，第九个故事，勇士没有叹息，方才成功捉到玉鸟完成上天的任务。我现在一点也想不起故事的具体内容，既想不起玉鸟让勇士叹息的故事，也想不起最后勇士不叹息的那个，可是它的结构却深印在我脑海。人的记忆很奇怪，像有一个强大的力量在选择，安排你记住什么，忘记什么。也许就是玉鸟故事中被我遗忘的内容的部分，从此变成一个逼迫，逼迫我不断地想象故事，使人叹息、叹息、叹息到不叹息的故事。人家的故事忘了，只有编自己的故事。

还有德国的《格林童话》，其中一则故事，说的是一个力大无穷的傻子。有一天，他跑到邻国去，看见城门上贴着告示，因城堡出现怪物作祟，很多勇士信心满满地进去，不是落败而逃，就是被怪物吃掉，没有一个人成功征服怪兽。国王非常不安，于是发出公告，许诺说谁能征服怪物，夺回古堡，就把公主嫁给他。这种模式的故事有很多，包括意大利歌剧《图兰朵》和中国戏曲《西厢记》，只是结尾各不相同，《西厢记》是老太太毁约了。这则童话故事则很朴素，傻子斩杀怪物，天下太平，国王立刻兑现承诺，把公主嫁给他。公主对他也没什么大不满，并不觉得他傻，只有一样使公主纠结,就是他不懂得害怕,任何事情都不能使他怕得发抖。公主有一个很聪明的宫女,就像莺莺小姐的红娘,想了一个办法。就是在严冬寒冷的早上,凿开河上的冰,捞了一桶鱼,提到卧室,把傻子的被子掀起来,一股脑浇在他身上,傻子不禁浑身战栗,大叫道:"哎呀!我知道什么是发抖了!"从此他们就过着幸福的生活。

小时候,只觉得故事有趣,后来想起来,这有趣里藏着许多隐喻:为什么公主把懂不懂得害怕作为一个人智商的标准,害怕和智慧有关系吗?过度诠释一下,又似乎有关系。中国人不是讲求敬畏天地吗?再有,如果这傻子是有智慧的人,懂得害怕,那么他就不可能征服怪物,娶到公主。这么一来,故事不是没有了吗?所以,他又必须是一个傻子。这是一个悖论,小说往往都是悖论。

童话是很有意思的。意大利的卡尔维诺收集编撰过一部《意大利童话》,其中一个故事说的是野兔和狐狸。有一天,狐狸在树林看见兔子快乐地跳来跳去。狐狸问兔子为什么那么高兴,兔子回说它娶了一个老婆。狐狸恭喜兔子,兔子说不要恭喜它,因为它的老婆很凶悍。狐狸说,那你真可怜。兔子说不,也不要同情它,因为老婆很有钱,带给他一栋很大的房子。狐狸再道恭喜,兔子又说不要恭喜它,因为房子已经一把火烧掉了。狐狸说可惜可惜,兔子说也别觉得可惜,因为它那凶巴巴的老婆也一起烧掉了。

我们写小说常常是这个样子。从起点开头,经过漫长的旅程走到终点,却发现是回到了原点,但是因为有了一个过程,这原点就不是那原点。所以我们又很像神话里那个推石头上山的西西弗斯,把石头推上去、落下来,再推上去、落下来……永远在重复做一个动作。但这一次和下一次不同,就是那句哲言:"人不会两次涉入同一条河流。"幼年时看童话故事,觉得很好看。它建设了一个奇异的世界,是在现实生活里不可能发生的。慢慢地,成年以后,我对童话的认识似乎递进着、常想常新,今天想是这个样子,明天想又有不同的感受。童话故事看似是孩子的阅读物,但其实,它的意味和形式,隐匿在几乎所有的文学作品里。阅读童话的经历实际上一直如影随形于我日后的文字生活。

校园小说

再长大一点,开始上学,对童话的热情转移到接近现实生活的阅读。对于一个学龄孩子来说,最恰当的读物莫过于"校园小说"。上一章提过"校园小说"的模式来自苏联,把少年儿童的生活写得很严肃、高尚,因少年儿童是未来的英雄,被赋予实现人类理想的重任。例如说当时非常著名的苏联儿童文学小说家盖达尔,他的小说《铁木儿和他的队伍》里的铁木儿成为少先队员的学习模范,很多学校成立"铁木儿小队",一种浪漫的激情充盈在我们的学校生活里。铁木儿系列的小说里,有一篇名叫《雪堡司令》,至今还能记得。

故事讲述街上有两队小孩,分属对立的两派力量,其中一派就是铁木儿。就像我刚才说小时候两条弄堂的小孩争斗打架,而小说将这种小孩子的罅隙政治化了,因而也变得严肃。铁木儿领导的一班小朋友很正义,不欺负弱者,做好人好事,而他的对手是一个特别调皮捣蛋的孩子,专门欺负小女孩。双方有一场战争,是争夺一座雪堡，即用积雪堆起来的堡垒，相持几日，胜负不决。有一天，铁木儿忽然带领队伍撤退，将雪堡让给"敌方"。原来，铁木儿从母亲口中得知，那个孩子的父亲在前线牺牲了。故事很动人，孩子们拥有着美好的品德，高尚的情操，并且抱负远大。

分裂也是从阅读校园小说发生。我姐姐早我三年参加了少先队，我父亲当时还在军队，就给我姐姐寄来一本书作为她加入少先队的礼物。现在的礼物都是巧克力、游戏软件之类，那个时代的礼物也是严肃的。那是一本精装的书，书名已经记不清了，封面上是一个孩子的雕像，是关于一个苏联少年英雄的真实故事。他的名字叫莫洛佐夫，1918年出生，然后1932年他十四岁的时候，因举报他的富农祖父隐藏粮食被杀死。中国60年代的少年英雄刘文学，遭遇和他很相像，同是和侵吞集体财产的歹徒斗争，失去了生命。可是这个苏联小英雄莫洛佐夫和刘文学不同的地方在于，这个男孩子所揭发斗争的人是他祖父，最终，他死于祖父的手里。于是，这故事就变得更悲惨，令人非常难过。因为这是他的至亲，血缘和阶级的敌对关系，给英雄的事迹蒙上阴影。多年以后的今天才得知，原来这位少年是时代所塑造出来的人物，是由一桩家庭的悲剧演绎而成的。我不打算评价这个事件，我只是想说，当时阅读的忧愁。

其实这是一个先兆，预示着我逐渐分裂对文字世界的信赖。这本书让我觉得这世界的残酷，甚至比现实生活更不可依靠。很快，生活就进一步地加剧分裂的状况。1966年，"文革"发生，我早早结束所谓"学业"，到了农村。我身边携带的书，除方才说的农村小说集，还有一本长篇小说《艳阳天》，是当代中国作家浩然所著,写的是人民公社新农村的生活。小说里的农村景象光明开朗,前途美好,有阶级斗争,可是不像那个男孩的故事那么混淆阴沉,而是黑白敌我清晰,感情就不会受到严峻的拷问。有爱情,没有私欲,建立在公德和理想之上;有新旧观念的较量,总是进步的胜出。宣传画上拖拉机行驶在光芒四射的田野上的图景,在小说里演化成生动具体的人和事。这和我所在的农村,在气氛上不大一样。

我们村庄上,有一个富农的家庭,男人已经死了,老婆带着一儿一女度日。这一家人都长得漂亮,高高的个子,五官端正。女孩子很苗条,她的外号也很妙,叫"铁嘴"。她很会说话,言辞犀利,男人都不是她的对手,几个来回就败下阵来。她不仅嘴厉害,干活也是一把好手。在我们那里,割麦子是用长柄镰刀,叫作"放大刀"。我在托尔斯泰的小说里读过用大刀割草的场面,工具和姿势都类似"放大刀",干活的都是男性壮劳力。可是,每每地,这个"铁嘴"女孩子都能进入"放大刀"的行列,她从来不落人后。

割麦的情景回想起来真有些戏剧化。我们的农民其实自有美学,割麦的季节里流行的装束:上身不穿衣服,光着膀子,肩上系一方白色的纱布,很彪悍也很俊美。在一列白披肩的队伍里,有一件花布衫,就是"铁嘴"。庄上人公认她是个人才,私下都为她惋惜,因为她的富农成分,一直没有寻到婆家。到我离开那个村庄的时候,她已经二十岁了。在农村,二十岁对于女孩,是个很可怕的年龄,很难有匹配的对象。她的弟弟也很秀美,同样娶不到媳妇。这一儿一女的婚事都是老大难。这是我在农村看到的阶级分野日常化地体现在个人命运上,和《艳阳天》里斗争的方式不同。书本里的世界固然美好，但却是简单的，它无法覆盖现实的复杂性，所以就变得脆弱。但阅读的经历，在我几乎成为信念，我并不因此而放弃，而是企图寻找出一个更有力量的文字里的世界。

我在农村里独自度过十七岁的生日。生日时，母亲送我一本小说叫《勇敢》，是苏联女作家薇拉·凯特琳斯卡雅所著，写的是上世纪上半叶苏联开发远东、建设共青城的故事，感情很激昂，合乎社会主义史诗的创作原则。母亲送我这本书是希望我振作，对目前的生活唤起一点热情，不要颓唐下去。当然她也知道书本和现实的距离是非常大的，可是除此，还有什么别的路径呢？我们都是容易被书本激励的。

这本书如果按照金克木先生的说法，就是"假"，但是小说确实写得很动人，这就是文字的能量吧！一群青年人在一片荒地上，从无到有建起一座城市是多么激动人心！乌托邦永远吸引着爱幻想的年轻人，但是成长会告诉我们，乌托邦的不可实现在于它的不合理和不人道。前面说过，那个少年英雄出生在一个伦理混乱的家庭，本来是个不幸的孩子，却因为政治需要被塑造成英雄。而《勇敢》所写的开发远东，正是在中国黑龙江边境，带有扩张的意图，结果也是失败的。在不断阅读和学习中，你会发现，在你非常投入、寄予很高理想的那个世界也是有谎言的。这是对我们提出的警告，警告我们，与虚假对立的不只是真实，还有诗。诗和真并列，当我们离开真实的时候，也许也与诗背道而驰了。

所以在写小说时，你要清楚你在建设一个怎样的文字世界。我庆幸我一生总能得到一些启迪，总有人或事引领我，让我走到相对正确的道路，不让我失足。大量混杂的阅读中，你其实很容易走上歧途；但另一方面，所有这些，不论错的和对的，具有一种自行调节的功能，纳入你经验的生活中，潜移默化，建立起明辨是非的可能性。生活中的缺陷使我情愿与自己生活保持距离，远一点，书本就提供了这个机会。它们和我的生活可能没有一点相似，但是在某种程度上又有联系。总的来说，我就是特别需要一个和我实际度过的世界不一样的空间。我不是要藏身逃避其中，而是它让我对我现实的遭遇有抵抗力。当然，它也许加剧我更不喜欢现实生活。要等到书本能帮助我度过这个分裂的时期，令我对正在经验的世界有一点喜欢，还需要很长的道路，还要经历更多生活，读更多的书。因为事实上，写小说的人如果不喜欢生活的话，是无法写小说的。小说和诗不一样，小说跟生活很接近，它是世俗的性格，是人间的天上。

爱情小说

让我再谈一下年轻时读的书。我常说我很喜欢托尔斯泰和雨果，但年轻时托尔斯泰并不是我最喜欢的作家，也不特别喜欢雨果。我最喜欢的是屠格涅夫，这个名字对你们年轻人来说可能很陌生，因为俄国文学不是今天的时尚。在我年轻时，我其实不能完全看明白他的小说。小说里俄国的政治背景，知识分子的苦闷，思想没有出路，那些更深刻的内容我不怎么了解，留在记忆里的印象是模糊的。读书就是这样，把喜欢的东西留下来，不喜欢的、看不懂的东西就放到一边，等待将来的日子去认识，好像反刍似的。于是，我就只看到爱情的部分。屠格涅夫的小说里总是有爱情，而且是不幸的爱情，年轻人多不喜欢一帆风顺的爱情，而是受爱情的悲剧吸引，年轻人总是伤感主义的。

屠格涅夫的爱情故事都很伤心。在《初恋》里，一个年轻的男孩子爱上一个成年女性，爱得非常非常深。这份爱里，不仅有情欲，还有成长的渴望，希冀进入成年人的社会，和这个社会平等地对话。这个女人很美，很温柔，而且似乎也知道他的钟情，有一些微妙的回应。结果却是，她爱着他的父亲，一个成熟的、经历过生活、有家室妻儿的男人。这不仅是单纯的失恋，而是一个失败的博弈，年龄、阅历、成熟度，和这一切有关的魅力的博弈。但是，还有一个更久远的博弈，这个博弈还未完，还未决出胜负，那就是未来的时间。他总有一天抵达父亲的年龄，父亲却永远回不到他的青春时代。所以，博弈的双方，父与子，都是痛楚的。屠格涅夫小说里有一个父与子的核心关系，他有一部长篇名字就叫《父与子》，可我注意不到，只看见爱情，因为自己也正处在蜕变的年龄，爱情对成长具有启蒙的意义。

读屠格涅夫的小说真的不是白读的。慢慢地，我们就建立起一种道德美学，那些深情的爱人们，并没有放弃利他心。虽然爱情是自私的，但是知识分子的人性理想约束着他们，使他们保持对爱的更高尚理解，悲剧就是在这里发生。屠格涅夫所写的故事和我阅读时经历的生活完全不同，他笔下的人和事，于我的处境称得上奢侈，但为什么我能够从中得到慰藉和启发？可能是有一个秘密通道，可能是青春，可能是对爱情的向往，也可能是成长的需要。这大约可说是阅读生活的真谛，你和某一本书——不知是哪一本，会有一个秘密通道，就是这个秘密通道，令你在书中遇到知己，能和这本书邂逅，就是幸运。

法国作家罗曼·罗兰共十卷的《约翰·克利斯朵夫》也是一部很好看的长篇小说。傅雷先生译的中文版，分成四本，"文化革命"中，我们不知从什么地方得来第一本，里面包括有前三卷。这前三卷，恰是人物从幼年到少年走向青年的成长过程，每一阶段都有一段爱情。对我们这些年轻的女性读者来说，非常令人激动满足。第一段的爱情是小狗小猫式的，女主角叫弥娜，是约翰·克利斯朵夫的钢琴学生。他是一个穷孩子，有着音乐天赋，从小就承担起养家的重任。除了在宫廷乐队演奏，还要教钢琴帮补家用。弥娜的母亲，一个孀居的贵族夫人，很慷慨地聘用他做女儿弥娜的钢琴教师。弥娜是个任性的女孩，出身优越，吃穿不愁，妈妈又宠着她。起初她看不起克利斯朵夫，因为他生相粗鲁，穿着简陋，不讲卫生，仪态也缺乏教养，所以对他态度相当傲慢。克利斯朵夫是公认的神童，也不买她的账，师生关系就很紧张。可是有一天，发生一件事情，把形势整个地扭转了。这一天，小老师指责学生弹了一个错音，弥娜不承认，用手指着乐谱说就是这样的，克利斯朵夫凑近看乐谱，看见的却是少女花瓣儿般的小手，完全是无意识地，他在那手上吻了一下。这一个冒失的举动，把两个人都吓到了。争吵平息，琴课继续，但心情就此搅动起来。

弥娜生活很简单，又没到进入社交圈的年龄，成天无事可做，难免胡思乱想。克利斯朵夫的这一吻，给了她新发现，原来她已经被这个男孩深深地爱上了。爱情遮住她的眼睛，再看克利斯朵夫，他的每一事每一物都变得可爱，钢琴弹得好，才华横溢，他的粗鲁只不过是男子气概的表现，他的破衣烂衫则是艺术家的风格，连他长相都变得英俊起来。克利斯朵夫呢，也以为自己其实早已经爱着弥娜，彼此的敌意不过是爱人之间常有的小别扭。于是，双双陷入情网。这一段爱情很快就被弥娜的母亲看在眼里。她是一个雍容大度的女性，她赏识克利斯朵夫的才华，但也明白他所属的阶层和她们不同，他和女儿之间只是孩子的游戏，一个不恰当的游戏。所以，就不要继续发展，而是及时收场，她带着弥娜离开了。

之后，克利斯朵夫遇到萨皮纳，展开了第二段爱情。年轻人对爱情的想象是概念化的，所以萨皮纳的故事让我有一点不满意。第一，她比他年长，是结过一次婚带个孩子的小寡妇；第二，她出身不怎样，既不是公主，也不是灰姑娘，而是个老板娘，开一间针头线脑的小店，显然缺乏女主角的浪漫色彩。还好，他们爱情的发生比较有戏剧性。他跟着萨皮纳去乡村参加亲戚的婚宴，郊游和歌舞制造了一个民间的欢场，暗中萌生的情愫迅速滋长起来。因为大雨留宿小旅馆，他们隔着薄薄的墙，一举手把门推开就打破通道。两个人都知道墙那边站着对方，等待对方下手，可是都没有足够的勇气，最终蹉跎了时机。这个结局满足我们对爱情的悲剧想象，而当过后再读小说，方才理解，要使一个小孩变成一个大人，需要经过许多磨炼，和弥娜只是练手，仿佛过家家式地模仿成人关系；到了萨皮纳却是情欲露出水面，这不仅意味外部的生活在进展，更是内部——即身心发育成熟。

第三段爱情更加使我不高兴了。阿达是个粗鄙的女性，在一间帽子店里做店员，这个就更世俗了。她和克利斯朵夫并没有经过任何精神上的交流。和弥娜有钢琴课，萨皮纳有船上的合唱，阿达虽然也是邂逅于郊游，同样进了乡村小旅馆，但却是刻意安排，目的明确，迅速地上了床。这对于我们的道德美学、禁欲教育，最重要的是，罗曼蒂克的爱情憧憬，都太庸俗、太暴露。最令人失望的是，克利斯朵夫对此非常满足。那时候，我们只有第一本，之后的三本不知道在哪里可以拿到。多年以后，阅读全书，原来还有安多纳德和葛拉齐亚在等着我们。这时候，我们的阅历和阅读，已经积累到可以更尽情地享受其中悲怆的诗意了。就仿佛，和书中人物克利斯朵夫共同成长起来。

现在再读这本书，我最喜欢的段落恰恰是我之前不耐烦、急切想跳过的段落。例如，克利斯朵夫进入反叛的阶段，无论生活、爱情，还是音乐，都看不见前途，看不见意义，他憎恨他的环境，甚而至于他的民族和国家。他到犹太人家庭中寻找异质文化，又投到法国女歌手怀抱，希望汲取新鲜的生机，他到民间爱乐者的群体里，试图回溯音乐的原始性，却总是以失望告终。最绝望的时候，因为一个意外，卷入治安事件，只得离开家乡，流亡法国。在仓促登上的火车上，他朝着巴黎的方向，喊道："救救我吧，救救我的思想！"到了巴黎以后，他发现音乐就像一个大工场，遍地都是制造和弦的店铺，无处不在。可是他还是找不到真正的音乐，他的思想还是得不到拯救。他到文学里去寻找，到社交圈里、爱情里去寻找，依然不得要领。最后，他生病了，滞留在廉租的公寓顶楼里，身边是庸常的小市民，琐细的日常生活，却感觉到有一种艺术精神在悄悄接近。后来，他邂逅安多纳德的弟弟奥里维，他们七天七夜足不出户，谈论法国、德国、民族、人类、革命……这些章节在年轻时候被视作累赘，草草掠过，现在却觉得精彩极了！非常感谢傅雷先生，他翻译得那么好，真是一场文字的盛宴。据法国文学的专家说："傅雷先生可说重写了这本书。在法国文学中，罗曼·罗兰和《约翰·克利斯朵夫》的影响远不如在中国，这应该归功于傅雷先生的再创作。"有时候，一本书，在你不同的阶段给予不同的营养，成为人生经验之一种。

《简·爱》也是那时我喜欢读的一本书。我读《简·爱》是在"文革"的黯淡日子里，那故事远离现实，遥不可及，它发生在另一个世界里，幸和不幸都是有趣而且有意义的。当我读过许多书以后，再看《简·爱》，难免觉得简单了。爱和自尊，经过跌宕起伏的波折，最终保持圆满的结局，过于甜美，近似类型小说。但是，正因为此，它滋养了我枯乏的生活，缓解了我的苦闷。

阅读令我的生活变成两个世界——实际度过的生活和想象的生活，两者的关系我很难解释。它们好像是并行的，甚至互相抵触，但它们似乎又是有交集与和谐的，我站在书本里看实际的生活，同时，又在实际的生活里，观看书本里的。它们之间相隔着距离，这距离开拓了我的视野。

第三章 细看类型小说

近年，我开始对类型小说产生兴趣。年轻的时候心高气傲，只觉得它是通俗大众的读物，而自许是知识分子，多少有精英主义意识，期望超出普遍性，获得更高的价值。诚实地说，我并不排斥阅读流行小说，它满足了我的娱乐享受，但是却不能纳入写作，因为我认为它承担不起我的思想。但经过这么多年的写作和阅读，我渐渐对类型小说生出关心，我发现它把写作里的技术问题提炼出来，那些技术未必是文学的本质，但是体现了写作的方法。写作的才华也许是一份天赋，还需要社会实践、生活经验，即来自于某种契机，但是毕竟还有后天努力的部分，如认识，想象，组织情节、叙事结构等等技术性的条件，是可能也是必须的学习训练，这也是我在教授小说课程中的心得。类型小说的技术部分是非常明显的，它将叙事视为主要任务，而不是严肃文学那样，争当观念的前卫。事实上，严肃文学这种趋向越来越加剧，到如今，故事几乎销声匿迹。就像绘画摆脱具象，音乐放弃调性，小说从现实的日常形态抽离。这也是近些年我开始留意类型小说的一个原因。

一

类型小说的模式

我们在地铁上、飞机上或者火车上，常看到外国人手捧着一本书籍阅读，往往是砖头样厚厚的一本，花哨的封面。在国外的书店里，平摊在桌案上，最显眼的地方，也总是这样厚厚的一本本，那就是类型小说。如果你读过第一本，再读一本，然后读第三本，这时候，你会发现它是有套路的。类似中国当代的电视剧，有一个既定的模式。开头部分，很快给出悬念，不会消耗读者的耐心，然后就是延宕；延宕中适时给出一点线索，以持续读者的好奇；给出线索的同时，又派生新的悬念，将延宕维系下去——延宕和派生并非空穴来风，平白生起，而是与现实生活有关。这现实生活倒不一定非是你我他所经验，相反，类型小说钟情的题材，往往在日常性之外，传奇的色彩必不可少。所谓"现实生活"指的是常识，普遍的价值观念，可用来诠释超出常规的情节，一方面是助推器,一方面是同理心。事态在倾斜与平衡的交替中,加剧紧张,读者的期待不断上升,水涨船高,又像是一棵树,分叉出许多枝叶,最后郁郁葱葱。如何收篷,或者说收梢,是个难题,也是挑战。类型小说的写作却有一种负责精神,就是给出结局,绝不会使你的阅读落空,辜负期待——这样的期待常常为纯文学写作忽视,觉得太过肤浅,于是,严肃小说越来越被阅读视作危途。类型小说和读者的关系要和谐得多,仿佛事前就有约定,然后共同遵守,互相照顾,协同手脚,走向终局。

二
类型小说的地位和分类

在中国文化中，小说地位一直低于诗词散文，不登大雅之堂。鲁迅先生的《中国小说史略》引《汉书·艺文志》："小说家者流，盖出于稗官，街谈巷语，道听途说者之所造也。"这可说明小说的世俗性格，为庶人喜闻乐见，继而在传播和流行中，渐渐形成套路。事实上，尽管是坊间的娱乐活动，但也进入到知识界的上层生活，我们可以找到些许踪迹，透露出"类型小说"概念早已经形成，甚而至于进行"批评"。例如，曹雪芹《红楼梦》的第一回，交代石头的来历，是"女娲补天"，在"大荒山无稽崖"炼成三万六千五百零一块顽石，用去三万六千五百块，剩下一块，就扔在山里青埂峰下。有一日，石头正无聊时候，有一僧一道过来，坐倒在地，侃侃而谈，谈到人世间种种奇事，石头听了，不免心旌摇荡，便央求他们带它去红尘中见识见识。僧道二人说虽然在红尘中有一些享乐，但欢乐过后的苦处却有过之无不及，不如不去。石头很坚决，非要亲历一番不可，所谓"凡心已炽"。中国的神仙故事，往往是从这里而起，如"白蛇传"，如"七仙女"，修炼得道，却还渴望享受人生，无论悲欢苦乐，都抱有好奇心，中国的天道似乎都敌不过人道。就这样，石头哀哀恳求，僧道二人只得依了它。施了符咒，将石头缩成扇坠大小，后来的事情我们都知道，石头随神瑛侍者下凡，历经一番故事，就是贾宝玉。过了很长很长的时间，"几世几劫"，有一位空空道人从"大荒山无稽崖青埂峰"下走过，看见一大块石头，上面刻满了字，读下来是一段故事，觉得有些意趣，但又不以为然，原因有两点，一是无确切的、经得起考证的朝代纪年；二是"并无大贤大忠理朝廷治风俗的善政"，用今天的话说，就是没有歌功颂德的宏大叙事。

接下来，石头有一番回答，可说道出了小说的性质。它先否定了空空道人所说的两点，第一点，没有"朝代可考"算什么问题，历来野史无不是"假借汉唐"，事实上呢，它说："不过只取其事体情理罢了，又何必拘拘于朝代年纪哉！"这里有两个意思值得注意，一是"野史"，它自称所写"野史"，不必事出有据，当视作虚构；二是说明虚构的方法，几可视作现实主义小说的创作原理，不在表面的真实，重在内部的合理性。针对空空道人的第二点意见，石头的回答是"市井俗人喜看理治之书者甚少，爱适趣闲文者特多"，指出"野史"的娱乐功能，迅速解决了空空道人的质疑，然后铺陈观点，用很大的篇幅，分析野史写作里的流弊。石头尖锐地说道："历来野史，或讪谤君相，或贬人妻女，奸淫凶恶，不可胜数。更有一种风月笔墨，其淫秽污臭，屠毒笔墨，坏人子弟，又不可胜数。至若佳人才子等书,则又千部共出一套,且其中终不能不涉于淫滥,以致满纸潘安、子建、西子、文君。"

"讪谤君相"大约近似近代"官场"一类时政小说;"风月笔墨"则是社会黑幕,类似《歇浦潮》;"佳人才子"显见得是言情浪漫,石头所说"千部共出一套",尤其是针对此类,大概容易和它的写作混淆,所以专门总结公式:"不过作者要写出自己的那两首情诗艳赋来,故假拟出男女二人名姓,又必旁出一小人其间拨乱,亦如剧中之小丑然"。从这段论说可见出,曹雪芹那个年代亦已把小说分类,空空道人顺势就将石头的叙事纳入其中一项,这无疑是个误会。石头强调,世间的故事不外乎几种类型,而它的却是在所有类型以外,有不易复制的特质,好比大众文学和小众文学的关系。这又说明在那个时代里不仅有类型小说,还有我们今天所说的严肃小说。

《红楼梦》到了第五十四回,又一次道出对类型小说的看法,却是借贾母之口。五十四回目为"史太君破陈腐旧套 王熙凤效戏彩斑衣",说的是元宵佳节,贾府举行家宴,搭台子唱戏,演罢之后,贾母想要清静点的消遣,就请进来两位说书先生。先问有什么新书,说书先生说有一则残唐五代的故事,名字叫《凤求鸾》,贾母让说来听听,先生便开讲起来。说有一名王公子进京赶考,避雨途中,留宿人家正有一个小姐待字闺中——刚说到此,贾母就拦住道,不用说了,猜也猜得到:"这些书都是一个套子,左不过是些佳人才子,最没趣儿。"接下来,就有一番批评。和石头一样,老太太的批评也是针对言情类小说,但着眼有所不同,石头讲的艺术标准,有超出普遍性的追求,贾母则是从道德伦理、社会效应出发。

第三章 细看类型小说

老太太尖锐指出，所谓的才子佳人，一旦看到异性就想起终身大事，"父母也忘了，书礼也忘了，鬼不成鬼，贼不成贼，那一点儿是佳人？"继而指出作者一意编派，置情理而不顾，既是大家闺秀，族中人口必定不少，仆人拥簇前后，到处是耳目，哪里能得私通机会？显然，故事脱离现实，完全出自臆造，原因是什么呢？就此，贾母的批评从写实主义进入创作心理学："编这样书的，有一等妒人家富贵，或有求不遂心，所以编出来污秽人家。再一等，他自己看了这些书看魔了，他也想一个佳人，所以编了出来取乐。"看来，中国不仅早有类型小说的写作，而且也有了认识。

虽然《红楼梦》的作者大凡对类型小说不屑，但有时候却也流露出赞赏。宝玉和黛玉读《西厢》读得入迷，后来，家宴上行酒令，轮到黛玉，一句是"良辰美景奈何天"，又一句"纱窗也没有红娘报"，宝钗立刻扫她一眼，次日就问罪来了，叫她跪下招过。黛玉先是纳闷，即刻想起，非常难为情，因为句出《西厢记》《牡丹亭》，都是禁书，尤其闺阁中的大忌。宝钗遂推心置腹道，小时候自己也是不安分的，偷背着人看了这些，"后来大人知道了，打的打，骂的骂，烧的烧，才丢开了。"两人就此有了小秘密，成为知心的姊妹。这一个细节可说明当时已有传播极广的流行读物，在量的积累中，提高了质量，都能得到宝钗、黛玉、宝玉他们这些大家子弟的青睐。这个细节还可证明一点我对中国小说的认识，我以为，中国小说不是诗、词、赋，比较接近的文类大约是曲。因都有世俗气息，属大众消费，所以中国类型小说的方法论，也许体现在戏曲的格式里。

三
类型小说的结构

方才说过,中国小说的性格与哪一种体裁最接近,不是诗,不是词,也不是赋,它接近曲,就是我们说的戏曲。戏曲的叙事方式,是不是成熟在小说之先?小说的文种,向来被排斥在边缘,而且界定也很模糊,有说是野史、稗史,有说是"街谈巷语,道听途说",更遑论写作方法。我读明代李渔的《闲情偶寄》,却以为关于戏曲的论述大可移用于小说。《闲情偶寄》里的"词曲部",总共六章,第一章"结构"、第二"词采"、第三"音律"、第四"宾白"、第五"科诨"、第六"格局",其中最可应用于小说写作的是"结构",依我看来,几可概括小说内容和形式、目的和手段、个人趣味和社会功效的各方面。

戒讽刺

"结构"一章排首位的是"戒讽刺",我以为其实是讲职业的伦理,这话如何说?开篇就道:"武人之刀,文士之笔,皆杀人之具也。"接着一句为:"刀能杀人,人尽知之;笔能杀人,人则未尽知也。"然后特别强调了笔之杀人的严重性。曾有人问我,写作者可否用认识的人作故事题材。小说者虚构所用材料多是身边的人和事,问题是如何使用,又用于什么企图。写作和发表,可说是一项特权,即"公器",因此必须谨慎出手,切忌"私用"。李渔指出"后世刻薄之流,以此意倒行逆施,藉此文报仇泄怨"是违背了词曲之道,用今天的话说,就是亵渎艺术的纯洁高尚。李渔说仓颉造字,是极其隆重的事,"天雨粟,鬼夜哭",是上苍赐予人类的恩典,不能轻率地挥霍。我理解是,我们的写作,要对得起使用的文字,非是必须,不可随便动笔,这是创造的价值,也就是艺术的价值。为什么李渔是在词曲部"结构"一节中谈"戒讽刺",大概是因为戏曲表现的多是人事,与现实生活很相像,也就极容易影射和暗指,泄愤报复,他说:"谁无恩怨?谁乏牢骚?"但是将词曲用作于此,无疑是浪费社会公共资源,对人对己都不公正。同时,他也提醒,切忌牵强附会的理解,举例《琵琶》,因两个字的上部总共有四个"王"字,就认为是指向王四,不知王四是谁,总归实有其人,用今天的话说,就是对号入座,也不公道。这一节相比较其他,李渔多用了篇幅,可见得重视程度,即便是词曲,大观园里不让沾染的俗物,在李渔看来,却也有严肃的道德价值。

立主脑

第二节"立主脑",解释为:"主脑非他,即作者立言之本意也。"应就是现代人说的主题的意思吧,但从以下分析看,"主脑"更在于情节,而非思想,说成主线可能更恰当。李渔举例《西厢记》和《琵琶记》。他说,《琵琶记》里,人物和情节络绎不绝,但端的只蔡伯喈一个人,蔡伯喈又只是"重婚"一桩事,然后方才一生二、二生三。《西厢记》则是张君瑞一人,"白马解围"一事——强盗围困莺莺小姐家,要抢姑娘做压寨夫人,张君瑞调兵求救,老夫人许诺配嫁莺莺,促成一对有情人,而后却又毁约,提出新条件,必用功名方可娶亲。于是,张君瑞走上漫漫赴考路,再出来第三者郑恒,枝节丛生,千头万绪都是从一人一事起来。这个"立主脑"告诉我们写小说要有一个主要的情节线,倘没有这条线,孤立看局部,再是精彩,也是"断线之珠,无梁之屋"。同时,也可看出五四启蒙思想后的中国文学和之前的区别。我读《闲情偶寄》,心想这"立主脑"是否包含着思想价值的内容,但很遗憾,只限于方法——怎样把故事结构得紧凑,又能衍生情节,曲折过程,丰富细部,最后自圆其说。这大约也可说是类型小说的基因缺陷,思想多是规范在当时当地的道统,即普遍价值体系里,不可能脱拔出去。李渔的"立主脑",大约也从旁佐证一个事实:中国的叙事传统并不担负思想的责任,它更自觉的是,把故事讲得好听好看,即可读性。是不是可以这样说,原初起始,就是"类型"的性质?《红楼梦》则是一个例外,称得上方外之物。

脱窠臼

第三节，"脱窠臼"，顾名思义，就是独创性。"新也者，天下事物之美称也。"将新意提到美学的高度。具体到什么是"新"，先定义"新"，即是"奇"，剧本古称"传奇"，似乎无奇不成剧，所以又是叙事的立足之本，十分要紧，又十分难得。他指出其时几出新剧，说是"新"，其实不过"取众剧之所有，彼割一段，此割一段，合而成之"。至于如何才能称为"新"或"奇"，李渔似乎也难提供有效的方法，但举出《西厢》里"跳墙之张珙"，《琵琶》里"剪发之赵五娘"，是前所未见，独其才有。可以见得，李渔所指的"脱窠臼"更在细节处，不像"立主脑"，针对情节的组织，承认有一定之规，就可教可学，细节却无有现成的入径，非出于独特的想象而不能得，所以，供传授的经验就也有限了。

密针线

第四，"密针线"。李渔说："编戏有如缝衣，其初则以完全者剪碎，其后又以剪碎者凑成。"显然，这一件已经不是那一件。这跟现代小说处理素材的方式倒有点相似，我想起英国女作家弗吉尼娅·伍尔夫写过很多批评文章，都非常独到，她曾经将《简·爱》和《呼啸山庄》放一处比较，大意是《简·爱》写的是爱情，《呼啸山庄》写的是生命力，这不是男女之间的爱欲，而是一个原始的自然力。这股自然力必须寻找到最强悍、最野蛮的男女，才足够它释放能量。她这样描绘作者："她朝外面望去，看到一个四分五裂、混乱不堪的世界，于是她觉得她的内心有一股力量，要在一部作品中把那分裂的世界重新合为一体。"她这番话很像李渔剪碎再凑起的说法，但胸襟要广大许多，她面对的是一整个世界，李渔只是对写作的材料，前者是世界观，后者是技术主义。分水岭还是在人本主义启蒙思想，但这并不意味艺术品位的高低。

相反，中国文人有着相当精致文雅的趣味，李渔对叙事艺术自有理想，参照物为元曲。倒不仅是本朝人总是崇前朝人，再隔一个半世代，晚清民初的王国维也是推元曲为上尊。不过，李渔又指出，虽然传奇大不如元曲，但有一桩，胜出一筹，就是"密针线"，具体说来，即"埋伏照映"。接下来的说法极有意味，李渔说这倒不是当时人有什么办法，而是"以元人所长全不在此也"。我以为可解释为"大"和"小"的区别，大师，如托尔斯泰，往往不注意细部，而福楼拜，则严丝密缝，难免匠气重，所谓雕虫小技。元人是大手笔，李渔最推《琵琶》，但在"密针线"一法上，他也承认数《琵琶》不近情理处最多，然后——列出，然而，瑕不掩瑜，元人的"曲"，胜过无数，可称压倒之势。大概这也是古人重诗词曲赋，轻叙事的关系吧。王国维推崇元曲也是在于"曲"不在剧情。不论如何，李渔还是很客观地认为，传奇，也就是戏曲，因有三个方面需要照顾："曲也，白也，穿插联络之关目也。"曲，我们知道了，就是抒情段落，歌剧里的咏叹调；白，是对话；穿插联络，则是情节。从这里也可见得，中国的戏曲，到李渔的时代开始注重叙事，并且总结规律。

第三章　细看类型小说

减头绪

第五,"减头绪",是创作方法论,应和"立主脑"一节对照理解。前者讲的是主线衍生枝节,此处则是删繁就简,道理是一个,都是要单纯、干净,入手在两头:一头是根源,要能生长;另一头是枝节,必是从源头而来。李渔提供的具体建议为"易其事而不易其人",同类项合并的原则,人尽其能,物尽其用,也是叙事的美学之一。

戒荒唐

第六,"戒荒唐"。"戒荒唐"和"脱窠臼"又有点矛盾,一方面要出新,另一方面又不能太离谱,要在情理之中。世上荒唐事有很多,但是否能进入审美?李渔认为"世间奇事无多,常事为多,物理易尽,人情难尽"。这倒是接近写实主义的理论,注重常情常性。当然,李渔时代的常情常性是道统的理想,即"有一日之君臣父子,即有一日之忠孝节义",但方法则是可应用于中外古今一切创作。则是要肖真,依前一节说法,又要"脱窠臼",总起来一句话:情理之中,意料之外。无论怎样的新奇,都需在现实逻辑的严格规定中进行。我们可举些例子——

莫泊桑的小说《项链》,可能大家都读过,故事讲述一个小职员的太太,虚荣心很重,梦寐以求享受上流社会交际圈的生活。可是,天不从愿,她的生活非常清简平凡,丈夫只是低阶的小职员,挣得有限,不可能供她出入豪华场所。一次,丈夫的上司举行圣诞舞会，请全体职员带家属参加。这位太太兴奋之余，却为服装和佩戴大为焦虑。这种隆重的社交其实是一场展示会，女性们将穿着华丽的衣服、鞋子，戴上昂贵的首饰、手袋，以优雅的风度登场，她怎样才能对得起这千载难逢的好机会呢？年轻的太太费尽心思，终于配齐了衣服鞋袜，唯独缺一条项链。于是向她最要好的朋友借，这朋友生活富裕，慷慨地打开首饰盒，她挑选了其中最美丽昂贵的一件。这一晚非常成功，她见识了奢华的场面，大开眼界，也吸引来众人的目光，连连被邀请做舞伴，不停脚地跳舞。但结局却很不幸，她把项链弄掉了。如何归还呢？她和先生千方百计、东拼西凑，以高昂的利息借贷，买下一件相同的项链，还给朋友。自此，她的生活变了一个样。她缩衣节食，辛勤劳动，甚至给人做女佣，将省下和挣来的每一分钱积攒起来，十年过去，她终于清偿债务。她本来娇俏可人的模样不见了，变得粗糙，但心满意足，一身轻松。一天，她在公园遇到当年借她项链的女友。女友完全不认得她，待到认出以后，大为吃惊，再听她解释为什么会变成一个劳作女人的样子，是为了赔偿自己的项链，更是震惊，因为，朋友告诉道，这条项链其实是仿制品，根本值不了那么多的钱。这件赝品项链，就这样彻底扭转了她的人生。这个离奇的故事，其实是沿着生活的逻辑进行，每一点转折，都在普遍认知的理路范围内，就还是"常事"。

我们还要注意李渔在"世间奇事无多，常事为多，物理易尽，人情难尽"的后半句，我理解就是在同一条路数上，还可能发生不同的人和事。换一个说法，就是同一个故事模式里，表现形态有可能千变万化，大概这也就是类型小说的基本原理。就以《项链》

叙事格式为例。曾经在上海的教育电视台看到一部美国教育短片，是以真人真事为题材的单集剧。讲述一个男孩子在一次派对后醉酒驾车，把一个女孩子撞死了。去世女孩的父母非常伤心，但因为肇事人还是个少年，未到刑法规定的担责年龄，所以免于起诉，只是提出一笔赔偿。女孩的父母附加一个条件，这笔钱不是一次性付清，而是每星期付一块美金。这个男孩子于是每周必办一件事，汇给死者父母一块钱，每次汇钱，事故的场面都会再现一次，令他无法忘怀。他似乎被囚禁在这个记忆中，永远不得释放，他坚持不下去了，就把余下的赔款一笔汇到对方的账户。但是对方父母把钱退还过来，他们说，他每星期还一块钱，才能体会他们失去女儿的心情，那是每时每刻都不能释怀的伤痛，所以他必须每周归还一块钱。背负着漫长的债务，直到他成年，方才偿清。这时候，少年已经是一个成熟的中年人，年轻时的轻浮、放纵、任性，消失殆尽，他变成一个负责任有担当的男人。

还从电视上看到一个故事，也是在《项链》的"物理"里，传媒工业提供给我们很多故事。一个年轻人创业，开一所打火机小工厂，结果他非常倒霉，在生产的第一天，气泵爆炸，厂房设备烧毁一空。最要命的是，一个十八岁女工毁容，需要治疗和整容，医药费甚巨大。肇事的工人则一贫如洗，家徒四壁，父亲还得了绝症，根本不可能赔付。女工起诉，法庭判决工厂主十万块钱赔偿款。对一个破产的人来说，这判决可说是一纸空文，没有任何现实意义。但是承办案子的法官却没有放弃争取，挤牙膏似的追索，追一点是一点，而年轻人则逃一点是一点。就在一个追一个逃的时候，出了一件事，年轻人遭遇车祸，受了伤，在执行赔款的过程中，体会到受害人的难处，于是他将索要的赔款全部给了女孩。最后，他竭尽全力，女孩也放弃了一部分余款，原告和被告取得谅解，两家成了朋友。讲述两则故事，是为证明，在一个模式里，有可能纳入不同的情节和道理。

审虚实

第七，"审虚实"。我以为和上一节"戒荒唐"有相近的意思，都涉及虚拟和真实的关系，但前者重点在真实，也就是现实的合理性，此处则在虚拟，我就又要提及金克木先生"诗与真"的理论。"诗"和"真"并列，我理解，在"诗"，就是虚构里，存有一种"真"的本质。这让我想到张爱玲的散文《谈看书》里提到说，西方有一句话，"真实比小说还要奇怪"，是否可用来反证，虚构无须以真实与不真实来作价值检验，而是自成一体。此一节中，李渔说道："传奇无实，大半皆寓言耳"，一语定之，承认了传奇的虚构性质，所以不必拘泥于实有其事，价值不在于真和假。倘要两下兼顾，既虚拟，又从实，"则虚不似虚，实不成实"，左右失措。显然，李渔只是从叙事的趣味着眼，并不如金先生，还有张爱玲，怀抱艺术哲学的理想，探寻实有世界和虚有世界的关系，眼光远大。这也是五四之前，中国小说和西方小说的差异，新文学运动者兴起的动因之一吧。

总括来说，中国历来类型化的叙事艺术不外有两大特征：一是传奇性，类型小说内容离奇，虽说要"戒荒唐"，可是还是要出新；第二个特征是它立足于普遍性的人生观念，无论《红楼梦》贾母对流行文学的批评,还是李渔对传奇创作的理论总结,都是从道统出发。唯"石头"的论述独树一帜,脱离主流意识形态,所以,《红楼梦》是在类型之外,只可神会,不可言传。

四
中西小说之不同

方才说,五四新文学运动划一道分水岭,中国现代文学在此启动,小说写作几乎可说与传统叙事彻底解除关系,从头开端。因此,我个人以为,同时也和类型写作的传统脱钩,进入纯粹的严肃文学。而西方文学则是沿小说源流走来,始终没有中断接续,因而得以归纳方法,传授和学习。哈金的小说便是一个好例子。哈金读过美国大学的小说课程,我们可以分辨读过写作课程和没有读过写作课程的写作是不一样的。读过写作课程的人懂得处理情节,如何开头,如何发展,什么时候需要延宕,什么时候则要加紧,再如何走向结局,明显可见写作是有技巧的。在中国小说起始阶段,类型化逐渐成熟,但相比起西方小说,有一项缺门,就是推理小说。在推理小说,叙事方法是显学,也是西方类型小说一个大类。我们有公案小说,公案小说和推理小说有本质的不同，推理小说在形式逻辑上构成，体现出抽象的理趣。公案小说的因果关系则基于人情世故，就像前面李渔说的"物理易尽，人情难尽"。对中国小说家来说，具体的社会经验是创作的资源，这是一个很好的创作状态，显示出对现实的关照，常有不期然的动人之处，但缺乏理趣，这似乎不是中国小说的追求。我们更关心事实里的社会历史动因、命运的个别性，这是中国作家的优长和优势，因为我们大多有着丰富的个人阅历。例如莫言，他的生活经验很丰富，远超过学府里度过成长时期的西方作者，既有历史做背景，又有民间文化滋养，动荡里的世态炎凉，再加上本人的天赋，足够供他用于想象。中国作家都是经验的超人，也是感性的超人，创作充满着个体性，也因此，忽略了归纳性。现在，有年轻的写作人开始尝试推理小说的文类，但总还是缺乏逻辑的趣味。

西方文学写作里，推理小说则是一大门类。英国著名的克里斯蒂是我极为喜欢的小说家，她的小说，开篇必发生谋杀案，即便不立刻发生，也预兆发生，绝不让读者失望。并且，她一定负责破解迷局，找出凶手，绝不会让悬念空置。更可贵的是，克里斯蒂笔下的杀人犯都是正常人，不像现代推理小说，往往是心理疾病者，心理有问题的人做任何事情都不需要理由，好比精神病人可以赦免罪衍。克里斯蒂的罪犯都是生活在我们日常社会关系中的人，街坊邻居、亲朋老友，他们有着合乎情理的动机，以及周密的策划，决非临时起意——这又可归给心理问题；相反，都有着出色的头脑，和他们较量才够过瘾，必须一步步来，也难免有失手的时候，总结了教训，从头再来。大家知道，克里斯蒂小说里有两个主要的侦探，一个是著名的波罗，另一个是名声稍逊的马普尔小姐。马普尔小姐是个上岁数的家庭主妇，阅人无数，她认为世事变化无常，但人性终是万变不离其宗，仿佛有一本人性宝典，就像法律学家的案例实录大全，从中找到相似的性格，以此类推，真相便浮出水面。但切勿以为马普尔小姐只是一个经验主义者，她自有一套抽象逻辑定理，形式为英国民谣。她认为民谣从来不是信口开河，它暗示人们，表面不相干的事物，底下其实有着紧密的关联。与马普尔小姐不同，波罗是个职业侦探，且是职业界里的精英。太过日常化的谋杀案不对他胃口，中等智商的杀人犯也不是他的钟情所在，使他脑细胞活跃起来的，必是那些特别精致的犯罪。对于犯罪，他几乎是个唯美主义者，而马普尔小姐，却重视犯罪里的道德问题，也因此，波罗的破案，更具有抽象的趣味。

克里斯蒂的《ABC谋杀案》，是其中较为典型的一例。这是一个连环谋杀案，第一宗案件，发生的地方以A字母开头，被害人的名字也是以A字开头，并且似乎有意提醒注意这一点，案发前波罗会收到预言的信件，现场则有一本火车时刻表，正翻开在A字打头的地名的一页。死者是杂货店老板娘，一个老妇人，丈夫是个粗暴的酒徒，没有子女，只有一个做女仆的外甥女，人际关系很简单，生活也很朴素，没有财富，没有仇家，她死了对谁有好处呢？过了一段时间，又有预言谋杀案的信件送到，预言也真的应验了，这一回是B字头的地名和人名，同样，还有翻开的火车时刻表。除了A和B的连续性，这两个案件没有关联之处。死者是个小姑娘，饭店服务员，年纪轻轻的生命，还来不及经历生活，她又会妨碍谁呢？然后，是C字母了，死者的个人资料变得丰富了，有爵号，有资产，有顺序继承人，被害的动机是有了，可是，镶嵌在连环案的形式中，以ABC为系列，接下去还会有D字母谋杀案发生，C字母案件的个体性便被取消了，可不是吗？因为字母的偶合，它才发生。波罗知道他碰到了高手，其实，他只是要除掉一个人，但为了纳入连环案，不惜杀掉许多无关的人。推理小说的难度不在破案而是在作案，先要设计一个严密的罪案，然后再考虑破案。波罗破案往往从形式出发，这个罪犯便投其所好，量身定制一个形式，称得上犯罪的经典。

五
建设逻辑的原则

现实中发生的案件动机往往很简单，随机性很强，因此，可能缺乏意义，这也就是生活和小说的区别，前者是不自觉的，后者呢，有着自觉的美学追求。我们所以喜欢看推理小说，是因为它在规定的条件里渐渐走向真相，其中的限制和突破就是逻辑的趣味。我曾经在电视的法制节目看过一个案例，破案的难度非常大，就是因为没有明显的动机，于是，只能从痕迹入手。案发地在杭州偏僻的郊区，一个无人认识的女孩死了。中国流动人口很多，首先要知道她是谁，才能知道谁要杀她。警察发现她脚上的布鞋有一点特别，就是鞋扣的款式，不是杭州本地通行的。走遍了卖鞋的大店小店，都没有看见同样的鞋扣。浙江有很多玩具工厂，积聚大量的女工，就去找那里询问，有没有人穿过或者看过这样的鞋。有两个女工说，她们家乡的鞋子是这样的扣襻。谈话中，警察发现两个女工有同一个特征，就是她们牙齿上都有一种积垢，采样化验，得知这种积垢来自矿物质，而这矿物质很稀少，唯贵州地方有。于是，死者口袋里的粉末就有了解释，是同样的矿物质，这样，基本可确定死者来自贵州。但是，贵州这样大，多是山地，交通很不便利，要找一个人，宛如大海捞针。浙江有一家大型饮料公司娃哈哈，销售网点遍布全国，警方就和娃哈哈合作，希望在他们所有的销售点发出寻人启事。当今社会，商业真的是一张很严密的网，覆盖性超过司法行政，不会有漏网之鱼，就是寻人启事，帮助寻找到一个失踪女孩，她跟着村里一对兄弟外出寻工，从此音信杳然。去往嫌疑人家中，老远看见他们家门口堆着矿石，村里人多以采矿为生计。嫌疑人很快就交代了事情经过，杀死女孩的动机简单极了——三个人一起去浙江找工无果，只能回家，可是盘缠不够，于是就把女孩杀了，省下一份回程费用，兄弟俩径直回了贵州。

在真实的谋杀事件里，有时候找不到任何逻辑，具有形式感的逻辑更多是人工刻画的。方才这个案例，倘要写成小说，就是批判现实主义作品，它的形成和破解，都是因循生活经验。而推理小说，尤其本格派推理小说，它更多地着重于抽象的美学，也就是理趣。我以为这个文类，比较鲜明地呈现类型小说的特质，就是格式化。但是严肃小说，也就是我们说的纯文学，或者小众文学，则是要走出格式。

六
非类型小说

　　对于非类型小说,要给出定义不那么容易,它更加个人化,也因此,难以归纳和总结规律,也许只能进入具体文本,了解一二。我心中有两部小说,可作非类型写作的范例,一部是爱尔兰作家托宾的《长冬》。

　　托宾是严肃小说的作家,这一点共识大概无疑问了。《长冬》的故事发生在爱尔兰乡间,家中有父亲、母亲和两个儿子,长子服兵役,次子尚未成年。母亲有酗酒的不良习惯,所以家中的男性时刻戒备着,不让她沾酒。初冬的季节,因不堪管束,母亲大闹一场,然后离家出走。天开始下雪,且愈下愈大,等他们发现她出走,已经过去几个小时。村庄里的生活很简朴,人际关系也单纯,母亲唯一可能去的地方就是舅舅家,没有悬念,没有一点暗示有超出常理的事情发生。父子俩把距离计算一下,推断母亲走到中途时候雪已经下大,她去到舅舅家的时间和返回家中一样,她没有回家,所以,乐观的估计是,到了舅舅家,但舅舅家的消息是,没有人来。雪下得很大,没有停止的迹象,全体村民都发动起来,一起去找,直走到无法再前进才回来。一个现实主义作者是不企图制造传奇,同时也不会放过表现生活的机会,当一个人失去踪迹、下落不明的时候,他不像波罗那样因循逻辑推理,而是呈现乡村社会里组织和人性的状态,前提是结局已经明了,不可能有任何意外。一天、两天,十几二十天过去,雪愈结愈厚,再不会有奇迹发生,母亲一定是埋在雪底下,不可能生还。悬念很快就消解,或者说从来就没有形成。同时,无法有任何行动,能够做的,只有等待,等待春天到来,雪化了,母亲出现。

小说不管是类型或是非类型,在等待结局来临的时间中,作者还是要让某些事情发生,小说做的就是这个,填补过程。母亲沉睡在雪底下,等着家人去发现,但家人什么都不能做,唯一能做的是等冬天过去,春天到来。这段时间小说怎么度过呢?小说必须要做些什么?等待是小说擅长的强项,因为袒露出时间,小说依着时间发展,但难也难在这里,什么事情值得无中生有?《长冬》里的家庭,只父与子两个人,邻里的热切在停止寻找以后又回复到常态的冷淡,疏离了关系,必须有外来因素介入,故事才能进行,即便是严肃文学,也是需要故事的。外来因素的入径和类型小说不同,它和最终目标不那么有关系,仿佛只是趁此机会,溜进来一点情节。母亲不在,家里没有了女性,虽然母亲是有酗酒的恶习,但她始终照顾家人,维持家庭起居的秩序。所以,父亲找来一个男孩子,帮他们做家务。这是个孤儿,没有家人,就像女人一样会做饭、洗衣服、收拾房间。由此，故事发生了微妙的转变，事情依然是原来的事情，可是内涵却在增量。

新因素介入既定的程序，等待的时间不再是空白，小说里的空白并不是真正的空白，而是着色之一。长冬终于到末尾，开春了，雪开始融化，等待的人终于可以行动，故事的节奏明显加快。这一段非常好看，儿子每天往躺着母亲的方向走，走到化雪的尽头，无法前进，折回头，第二天再出发。每一天都比上一天走得远一点，这是个极其抒情但又紧张的段落，母亲一天比一天近。他越走越远，男孩子就开始给他送饭，多么美的情形，天穹之下，一前一后走着两个男孩，仿佛追逐着融化的雪，又仿佛追逐春天。积雪就在他们脚下一天一天融化，终于，雪全化尽了，期待又不期待的一幕暴露眼前，小孤儿将母亲的儿子抱住了，不让他看眼前的情景，就好像是他的小男母亲。在这部小说中，吸引我们持续阅读的不是悬念的破解，而是另一个牵挂：人物感情的下落，它最后究竟落到何处。悬念是早已经瓦解的，母亲就躺在雪下，事实上，也就是躺在雪下，没有意外发生，令人悬想的倒是已知的人和事里，秘密的精神。

纳博科夫的小说是我用来解析的第二部，这是一个高智商的写作者，头脑像钟表一样精密，众所周知的《洛丽塔》中的"洛丽塔"已经成为名词，也因此极易被模仿，但当有了第二个、第三个，事情就失去了革命性。纳博科夫另一部《防守》，我觉得很难重复，它不仅颠覆了普遍性——严肃文学总是与普遍性作对，抱有独特的价值，而独特性是容易被模仿的，我觉得它同时也颠覆了独特性，它在独特性里又一次重建了类型，但不是回到普遍性，而是进入哲学的范畴。和许多企图表现特殊人性的写作一样，《防守》写的也是一个天才怪人，一个棋手，同样，这位天才怪人对日常生活缺乏能力，就像电影《雨人》，他不懂女人的爱，也不懂待人接物，总之，他没有人间的欲望。他的女朋友，对他抱着很大的好奇心，和天才亲近的人往往都是喜欢冒险的人，以为自己可以改变世界。女朋友和他恋爱、结婚、共同生活，并且诱导到离开下棋，回到日常生活，就仿佛做一个实验，而棋手也很配合，努力做一个正常人，但最终当然是失败。这一位天才和普通人本质的区别是，他无法介入生动具体的生活里，而是生活在抽象世界。这是一个概念，在小说中怎么外化成表象？这是《防守》面对的挑战，而它出其不意地完成了。

　　写小说很难表现专业，因为技术性太强，写和读的人都需要学习，能够表述得有趣当然是一种才能，而《防守》基本放弃了棋局的描写，对我们不懂棋的人是一种善解和体贴，重要的是作者意不在此。天才怪人的世界是以几何线条构成的，他着迷于那些分割均匀的平面格子，这些格子在他看来自有生机，而下棋则是启动它们的有效活动，他的征服欲由此产生然后膨胀。但是，格子自在的生命力超出他的控制，这体现在他棋逢对手，勿论对手是以什么方式认识棋局，结果，总是他败下阵。表面上天才怪人和对手博弈，实质却是和那些抽象的格子作战，里面藏着深奥的逻辑，他越追究越追究不到。仿佛平面的魔方，也许在某一点上和具象世界连接，可他就是找不到通道，他也渴望进到生动的日常生活里，但他就是进不来。他被困在抽象的世界里，这个世界最后变成一个实体，就是窗户上的格子，原来，通路在这里，就是囚室。他砸破窗格子，纵身一跃，结束了这场艰苦的挣扎。

七

怎样才称得上一本好小说？

写小说其实真的很不容易。从上世纪初到本世纪初的现在，一百年里小说的产量激增，似乎资源竭尽。传播和阅读的速度也在加剧，经典读完了，转眼同时代的写作者，也许要积蓄起一定的量，才能够有质的嬗变。我们都是创造"量"的劳动者、铺路者，类型小说的贡献可能有相当的占比。当然，类型、非类型终究是简单的分类，无论哪一类，当一部小说好到某种程度的时候，就很难把它分类了，也就是说超出分类了。至于好小说的标准，很难说它有什么，只能说它没有什么。它肯定是不无聊，它也不低级，它还不乏味。

第四章 从小说谈文字

上一章谈的类型小说，为小说单辟一门，这一章，则是小说的全体，是广而括之，又是回到根本，不敢说定义，只是试图描绘，我所认识的小说究竟是怎样的存在。

一
小说的存在

我应该怎么描绘小说的存在呢?我想引用一位老师的话——我非常尊敬这位老师,他是科学院院士,从事生命科学基因研究。如他这样一位科学工作者,他所做的就是证明、证实世界的物质性,如基因,这是一种肉眼看不见的存在,必须转录成编码系列方可显现,虽然它不可触及,但依然存在。有点像隐形人的故事,穿上隐形衣,便消失了实体,基因则是反过来,脱去隐形衣!但是,即便是这样一个科学家、一个唯物主义者,尊重事实,他却认为我们的世界其实有两个存在:一个存在是可以证明的,实证的存在;还有一个则是信的存在——相信的"信"。有一天我们在谈唯物主义和唯心主义的时候,我问他是否相信世界上有鬼魂,他说你用了一个很好的词:"相信"。"相信"是不必证实的,而不可证实的并不等于没有。所以,我们的世界有一部分,是不能证实,但同时并存着的,我们不应该忽略它的价值。

  小说就是这么一种存在,它的存在是无法证实的,乌有之乡,可是不表示它不可相信。也许,它的存在就决定于你信不信,你信它就有了,你不信它就没有。如果用一句话描述小说的存在,我想,它就是信的存在,它的存在建立在你的信任上,它是一个虚构的事实,它无法取代真实的生活,我们只能说它像不像,而不是有没有。小说最基本的材质是语言文字,语言文字是相当虚无的,它并不能直接地展现什么,而是间接地表达。它传达某一种信息给你,你必须通过你的想象,重新建立一个图像。你的图像和意图传递的很有可能完全是两码事。小说就是用这样不可靠的材质编织情节,这情节也是无中生有,它依想象发生、发展,然后结束。它不给予任何感官的消受,如视觉、味觉、嗅觉、触觉,它只可能影响精神,感染情绪,这也必须仰仗信任:信,它就存在;不信,就不存在。小说就是这样一种虚无的存在,材质是语言文字,结构是故事情节,受众是虔信的人们。

二
对文字的执着

文字是有暧昧性的,它的指涉不明确,需要条件。我们读到某一个句子,常常会要求上下文,然后才能了解意思。2013年日本有一部电影得到大奖,名字叫《大渡海》,还有一个名字《编舟记》,说的是日本一个出版社的辞典编辑室的故事。由于印刷出版的市场化,出版社把这个编辑室压缩得越来越小,处在边缘化的位置,只有寥寥几个编辑,而其中还不断有人跳槽,可同时也有人来应聘岗位,就这样,《大渡海》的工作艰难地进行,并且行之有效。我在想,为什么日本这个民族对文字那么在意,日本这个民族进入文明史较晚,地理又相对隔离,可说是自觉理性地进化。不像中国文化,起源于神人交融的远古,造字的仓颉,传说是黄帝的史官,黄帝本就是传说中人物,我的意思是,中国的文化更像是天地自然的选择,而日本则是后天选择。传说中,仓颉造字的时刻，天为雨粟，鬼为夜哭，仿佛神降旨意。中国的汉字渡过海，传到日本，经过演化，成为一种再生的文字。就因为此，日本民族对文字的态度比我们慎重和严谨，比较我们的重天意，他们更相信人力。

在这个辞典编辑部里，工作主要分两种。一种是收集新的词。语言是一个活物，生活是培植它的温床，生活在变化，它也不断生长繁殖，就像细胞分裂，不断地增量，然后产生质变。然而，它又是一个古物，具有原初的含义，后来所有的变化都是从源头派生，就像枝叶从树根发出，所以就要正本清源，就是为字完善词条，怎样能够最清楚准确地解释字。这就是编辑字典的工作内容。很有意思的一个字是"左右"的"右"。"右"，是一个相对性的位置，如何为"右"定义？越是简单的字越是难以解释，因为简单也意味着孤立，没有条件。如何解释"右"成为编辑部招募新人的考题。我后来专去查阅中国的《辞海》，它对"右"的解释是"如面向南，则东为左，西为右"，和电影里辞典编辑部第一种解释一致，身处西北，面向东北，东南就是"右"。我们的《辞海》给它这个解释，可是电影里的编辑们觉得不够，因为使用辞海的人往往是学生，他们知识浅近，应该有更日常化的解释。一位编辑提出，在时钟的一点到五点的位置叫作"右"，这解释更清楚明确，而且时钟又是生活中常见的用品。但是《大渡海》的编辑们还不够满意，认为还应该有更简洁明了的注释。这时候，编辑部中资历最老的老师提出第三个解释，他说阿拉伯数字的"10"，"0"的位置是"右"。这个解释更象形了，刚识数的小孩子都懂，大家终于认可。由此可见，文字是一种事物的代码，需要以共识为条件，才能够实现传达和沟通。这就是我们写小说用的材质，我们就是用这种模糊暧昧的材质，为我们的想象构造存在，也就是"信"的存在。从某种程度上说，这材质也正合乎"信"的属性，不必证实。

这模糊暧昧的文字，同时却又有制造事实的巨大能力。我还要讲述另一部更新近的日本电影，名字叫《日本最长的一天》，讲述二次大战，《波茨坦公告》下达，日本投降，天皇向国民发布诏书的那一天。内阁组织文员起草诏书，这是一个困难的工作，既要解释不得不投降的原因，克制国内激进派的情绪，安抚民众接受事实，又需维护天皇的尊严，不能太难堪，所以措辞就特别重要。当说明胜负已定、大局不容改变的时候，有文员用了一个词："局势"，用"局势"这个词指涉境遇。可是，有文员却认为这词不好，它暗示战局，战局失利，被打败了，建议换用"运势"两个字。"运势"里有天命的意思，似乎天不助我也，是一种和缓的说法。这时候，诏书的具体执笔者就很紧张，他不同意用这个词，他说，现在用了这个词，在战后就会产生一大批"运势派"的哲学家、理论家，将影响日本的整个意识形态。这就是文字的歧义性，它往往会误导，但同时，也意味着它充满了影响力，还可能改变历史。莫言有一次和我聊天，说中国近代许多不平等条约，他怀疑是通事们犯下的错误，当然，是开玩笑。比较电影——我不知道这部电影在什么程度上反映了历史，就当是历史，比较起来，中国人对文字和措辞，要随便得多。曾经有一位领导和我私下谈天，说我们的公文里，常用"搞"和"抓"这样的动词，把什么"搞"上去，把什么"抓"起来，是不是太过口语。我觉得，在文字方面，中国就像家有万贯的富豪，挥金如土，而日本则是节俭的，因来之不易，就格外珍惜。

　　文字是文明高度发展的产物，它可说是日常生活里的考古学，如清代训诂学家段玉裁的《说文解字注》，可当作人类学的课本来读。大陆小说家阿城著名的"三王"系列里的《孩子王》，同学们也许看过从它改编的电影，由陈凯歌导演。故事讲述"文化革命"时期，城市知识青年到云南农村劳动，生产队派他去小学校教书。在那个知识退化为零的时代，又是在西南边地，几乎就是个原始社会。没有课本，由老师将课文抄写在黑板上教学，这名知青老师在黑板上抄着抄着，听见窗外传来牛叫，思绪走开，想到放牛的日子，撒一泡尿，牛聚拢来吃，不自觉就写下一个自创的字，上面一个"牛"，下面一个"水"——这个细节仿佛只是闲笔，但我却觉得颇有意味，它暗示文字的起源，从生活和劳动中来，似乎是企图摹仿仓颉造字，事实上呢，有意或无意地想把走入歧途的文明引回初始状态，再重新出发。小说中写，没有课本，但是有许多"批判学习材料"，孩子们从教条文章中认识字，一旦脱离文章，字又变成它认识你，你不认识它。于是，这名知识青年试图让字回到最本来的意义，这就有了一个重大的情节，王福抄字典。王福是个有心的孩子，他像拾庄稼一样，将课文上识得的字一个一个积起来，积到三千四百五十一个字，另外还有四百三十七个字是从课本以外学来的，但是，这依然只是天地一角，于是，王福决定抄字典。这真是壮阔的一幕，简直好比夸父追日。我觉得这个故事其实讲的是文字，文字在使用中如何变形变质，然后再如何返璞归真。

三
文字的生命

中国文字是方块字,它不像拉丁文字,音形相应,和语言关系紧密,就可保存于日常会话。中国文字却很容易遗失,一个不识字的人,完全妨碍他说话表达,但它的象形性却又有一种结实。在马来西亚的马六甲,马六甲的华人较早定居当地,并且和本土人融合,这样种族融合的后裔,男性叫"峇峇",女性叫"娘惹"。他们不会说华语,风俗也已经混淆,可是,我们却可以在房屋的梁柱、门额、窗楣看到中文。它们端端正正书写下来,然后涂上鲜艳的漆色,有的还贴上金箔,很显然,是被很隆重地对待。可是,写字的人并不知道字意,当然,都是一些吉祥和富贵的字词,他们也不会念读,只是将它们当作一种装饰。这让人感动,想象这些汉字,是经过怎样的路途和遭遇,又是寄托着怎样的祈愿和祝福，渡过海峡，也许是郑和下西洋的时候呢，然后又如何一代一代，丢一些，留一些，散开来，拼起来，还有一些变异和改样。他们是当作族徽、祖训、家规、铭文，或者是避邪的护身符？这就是象形字的坚韧，它是神散形不散，但同时，只要形在，总能够挽留一些精神。拉丁字，是抽象的编码，有科学性，对于运用和记忆比较有效。我们的方块字却有物质感，它就像钉子似的，凿进视觉的印象。它的弱点是它的孤立性，必须依凭解释，才能安身立命。它的学习任务比较重，不像拼音文字，有规则可因循，而我们则必须一个字一个字地念和记，就像《孩子王》里的王福，一个字一个字地积累，阿城真是一个懂得汉字的人。但是，中国汉字和世界上所有的文字具有共同的特性，它对于记录是最方便保存的方法。法国作家雨果的《巴黎圣母院》里，就写到人类历史以前是记录在石头上的，如纪念碑、庙堂、圣母院，但是一场战争、一场宗教改革、一次革命，就可以把它摧毁掉。后来有了文字和纸张，比石头轻便，而且易于携带和收藏，却可能毁于一场大火。自从有了印刷术，历史的记录就变得坚固，能够从革命、大火、战争中得以生存，因为印刷术可将书写无穷尽地复制。科学就是这样造福于人类。印刷术保存的前提是文字，我们的文字倚仗印刷术而变得牢靠和坚固。即便是像《孩子王》里的边地，不也有了一本字典，可以让王福抄写，这都是拜印刷术所赐。就这样，文字为印刷术而保存、传播，就算是马六甲的峇峇娘惹不会念，它也流传下来，物质不灭。

而我还想谈谈脱离文字形式的语言，它一定是更为活跃的状态。文字已经在一定程度上限制语言，一个会说话的人不一定会书写，不仅因为书写的技术性，还因为说话自由度更高。我们写小说的人，总是不满足文字，希望突破文字的藩篱，所以，我们会留意书写以外的语言，比如八卦。

人是一个奇怪的物种，似乎进化还未最后完成，遗留下尾巴，我们常常绕过文字记录，关注口头的流传，好比被正史以外的野史、稗史吸引，小说就是野史和稗史嘛！我们爱八卦。2014年春天巴黎书展，我们上海作家协会组织一个团前往巴黎，乘坐法航。登机以后，飞机迟迟不起飞，坐等到近三小时以后，就在机舱这一个密闭的空间里，谣言四起。说飞机不起飞的原因是乌克兰的局势问题，普京对反俄罗斯的西方国家封闭领空，还有更激烈的说法——马上就要开战。流言刹那间传布机舱，我们向空服人员询问，希望得到解释。他们也在热烈的讨论中，我怀疑流言就是从他们传出，法国人也是喜欢八卦的。他们不正面回答我们的问题，而是用反问的口气说："你们看呢？东航起飞了，国航起飞了，汉莎没起飞，法航也没起飞，你们认为是什么情况？"他们还告诉我们，如果四个小时内不起飞，航班就要取消。机上有乘客与外面的朋友联络，又上网查询，得到的回答是天气原因。这个原因看起来比较接近事实，可是大家都选择相信前者，因为前者比较传奇，它让我们这些平凡的人生介入宏大历史，成为亲历者和见证者。我想这就是八卦的魅力，正史往往是严谨的，而流言则让我们享有想象的生活。张爱玲曾给自己的散文集起名"流言"，但当流言为文字写下，就变成了事实，获得存在的合法性。所以，文字又是有自在的生命，它能够让虚拟变成现实，当然，这现实不是那现实，它在另一个世界，那一个"信"的世界。

四

共识的说服力

方才说的"信"的世界是无法证实,亦不需要证实,就像鬼魂是不是存在,像法航为什么迟迟不起飞。但是,我以为即便如此,"信"也是有自己的原则,或者说"信"的条件。否则怎么解释我们为什么"信"这个,而不是那个?具体到小说,文字是暧昧含糊的,人和事都是无中生有,从材料到内容都那么不可靠,随时可被推翻,那么以什么来说服写作者自己,然后再说服读者?我以为,这虚拟的存在还是有依据可循,这依据就是共识。我们共同的认识,也可以说是常识,人群中普遍性质的认识,提供给我们交流的通道。如果没有共识作条件,我们是无法交流的。而共识的建立也是需要条件,共同的历史社会背景下的生活,共识的程度决定交流的程度,共识的质量也决定交流的品质。举个例子，纽约的华人作家王鼎钧曾写过一篇散文，说他如何对三个孩子施教：对老大是法家，严格行为约范；老二是个女孩，实施儒家，讲道理；老三则是道家，由他想怎样就怎样。这话很有意思，领会其中谐趣必要有旧学的背景。而今天的趣闻趣谈，则是建立在新近的共识——网络词汇、酒场段子，这些新知识由媒体互联网快速生成，快速传播，快速消亡，再快速产生下一轮。没有足够的时间和经验培养起共识，语言、文字——现在不是有许多生造的词？或者是旧词新用，就像生长周期短促的果实，质量相当有限，外延和内涵都极肤浅。文字的内涵需要悠久的文明来培养。每个字就像一颗米，看起来很普通，天天食用，但你们想没想过，它是如何生成？明人宋应星的著作《天工开物》，专辟有"稻"一章，不谈之前原始人如何从漫山遍野的植物中找到一种，没有毒、可果腹、可繁殖，而是从进入文明驯化说起，选种、浸种、播种，秧生三十日之后分栽，短则七十日收成，长则从春历夏到秋冬，整二百日。还不说其间种种风险，雀食、阴雨、潦热、生虫等等，可计的就有八灾，还有意外突发的事故，真可谓"粒粒皆辛苦"。因此，中国的一句话"粒粒皆辛苦"，当中含义深远，我们要爱惜粮食，正如我们要爱惜每个字。每个字都是从漫长的生活经验中来，然后再用于共识。我特别感动汉语里"花谢了"这个说法，在古人诗词里变换作"谢红"，李后主的"林花谢了春红"。这个"谢"字用得多么好，是"退场"的意思，亦有"惜别"的意思，有感激命运给予缘分，戏演完了演员"谢幕"，也是同样的用意，这是字里的仪式感。

我们常提到鲁迅的一句话——"在我的后园，可以看见墙外有两株树，一株是枣树，还有一株也是枣树。"为什么大家都记得这句话呢？如果换成"在我的后院，可以看见两株枣树"，意思也是一样的。可是前者的说法有一股寂寥，北京的空旷的寂寥。北京地方太大了，寂寥也因此大一点；空间小一点的话，寂寥会小一点。天地广大的北京，给鲁迅的感受是寂寞，倘若是君王，也许就有皇天后土的得意了。所以，这个句子里，我们不仅看见北京，也看见鲁迅。为何我们都懂这一句话，并且能够领会它传达的气氛呢？因为句中启用的是共识——一株枣树，又一株枣树，它们是我们共同知道的东西，有共同的认识点，所以就可直接地想象场景。如果添加一些词汇进入句子，"这是两株美丽的树"，或者"孤独的树""美丽"和"孤独"的形容词就又需要我们多一点共识，所传达的语境就需要多一点条件进行理解。再添加后院的描写，就又需要对后院这一空间的共识，继而想象枣树的环境以及作者的情绪。每有新的成分添加进来，共识的背景就每有扩大，理解的任务也加重。事实上，共识越复杂，传达的内容越受限制，反过来说，共识越简单，传达越有效。在此，鲁迅起用了最简单也是最广泛的共识，五四时期，初从文言文走进白话文写作的作家，鲜有使用新近、复杂的辞藻，往往使用文字的本意。就像《孩子王》里，王福所抄写的字典，最原初的字意，是人们最基本的共识。好文章用的是简单语言，我记得作家阿城曾经说过，他写文章尽量不超过两千的常用字。常用字里的共识是最具普遍性的，用最普遍性的共识创造特殊性，是写作者努力追求的目标。

五
文字的表达

小说是需要细节的，小说的细节则是以文字建构，文字是间接的，它无法建构直观的对象，而是经过转换，由接受者重组。所以，阅读者也是需要有想象力的，将文字传达的信息建设成场景。文字的弱势就在此，它无法直接展示。最近看过一个电影《模仿游戏》，说的是计算机创始人图灵的故事。二次大战之后，图灵因同性恋被告上法庭，判决结果两项选一项，一是服刑，二是接受化学阉割。他选择了后者，服用激素类的药物，副作用很强，身体变得虚弱。在这凄惨的境地里，他的前妻来看望，她已经结婚，手上戴了钻石婚戒，之前他们的婚戒是用铁丝做成，于是，他便幽默一句，这戒指比那一个好许多。前妻伤心中，禁不住笑出一声，这一声笑意蕴万千，真是一言难尽，多少文字也无法传达，只有请大家去看电影，亲眼目睹才能明白。在直观的电影面前，文字变得无力，它缺乏生动性。电影能在短短百年之间兴起、发达、昌盛，自有道理，它集声音、画面为一体，复制现实世界，如今有了 3D 和 4D，加进身临其境之感，接受更方便。当然，它会让受众懒惰，怠于想象，久而久之，也许会改变人类的精神生活。相反，文字需要受众的思想劳动，那么在给予方面，它能做什么，什么又是它的长处？我们如何扬长避短，使文字发挥最大的效能？

我听过台湾作家蒋勋谈《红楼梦》，他讲《红楼梦》中人见面聊天，时常谈病、问药，这是非常有意思的一个发现。聊天，是小说必须要处理的部分。电影是可以不聊天的，舞台戏剧的聊天则不会是像真正的聊天那样悠闲，戏剧的容量相当紧张，在苛刻的限制里要到达叙事的目的地。而小说里的时间则是余裕的，它允许和生活里一样的聊天，当然，是虚拟的生活，所以，在表面的闲聊底下，依然有着设定的目标，只是这个目标有着弥漫的边缘，无须直奔而去。我们说"王顾左右而言他"，就在这涣散无意中，情节在进行发展。这也是由小说的材料特性决定的，那就是文字的专长。常言道，上帝关上一扇门，就打开一扇窗，文字缺乏直观的同时，获得了转换权，它可从容面对时间，描写、交代、解释、明示和暗示，聊天就是手法之一项。可是，困难也接踵而来，那就是聊什么。聊什么，才又无聊又有聊？说无聊是指生活的闲趣，有聊则是叙事的最终目的。我以为曹雪芹大约也认识到文字不易表达直观性的对象，凡写到人物的形象，有时用一段开场词般的诗文，或者形神而不形容。好像《安娜·卡列尼娜》里，沃伦斯基看见安娜，也不怎么描绘她的长相，只是写到当她走过之后忍不住回身再看一眼。曹雪芹也不怎么信任文字对客观事物的反映，在此所用笔墨多是大路货，然而一旦开始聊天，就不平凡了。蒋勋提醒我们，红楼中人见面往往谈病，这就有意味了。疾病是日常话题，同时又是有隐喻性的，我们知道林黛玉有"先天不足之症"，她自己说"从会吃饮食时便吃药"，宝玉时常在她衣服里、房间里嗅得一股幽香，想来应是煎药的气味，我想，这大约与黛玉的前生有关，她不是绛珠仙草吗？薛宝钗的药则是花蕊制成，是富贵之命。宝玉的病则都是与那块玉有关，因玉而生，因玉而止。病和药都不是直观的，带有精神的性质，特别适合文字的体现，所以，小说要格外敏感于事物的精神，这是最合乎文字材质的对象。

再如清代洪升的戏剧《长生殿》。我们都知道杨贵妃是绝色，倾国倾城，但具体的面目却是不清晰的。从古至今，文人墨客的描绘也是采用间接的方式，例如因传说中她身材丰腴，于是"贵妃出浴"就成为题材；因有贵妃爱食荔枝，唐明皇遣人采买进贡的记载，于是千里送红荔又成为题材；白居易数十行的长诗《长恨歌》，所写贵妃容貌，亦是"回眸一笑百媚生，六宫粉黛无颜色"一类抽象的形容。而在另一些描写中，杨贵妃却变得生动起来。比如，某一部笔记小说里写，冬天的长安，贵妃把宫殿屋檐垂挂的冰凌折下两截，送给唐明皇，说，送皇上一对"玉筷子"。张爱玲的散文《我看苏青》里，猜测唐明皇爱杨贵妃，"没有一点倦意"，为什么？张爱玲的结论是"为人的亲热和热闹"，送皇上一对玉筷子，就是体现。张爱玲进一步分析，唐明皇爱杨贵妃，"因为她于他是一个妻而不是'臣妾'"，谈到杨妃和梅妃争宠、吵架、被逐、回娘家，仿佛"本埠新闻"。我想，张爱玲看到的"本埠新闻"式的杨贵妃,一定不会是白居易的《长恨歌》,更可能是洪升的《长生殿》。曲和诗词赋不同,它是世俗化的艺术。《长生殿》里,杨贵妃和唐明皇斗气,逐出皇宫,两头都是日思夜想,皇上不得朝令夕改,臣妾则唯有服从听命,大太监高力士从中斡旋,建议贵妃送皇上一件信物,是认罪服输,亦是表明心迹。贵妃说我的一身上下都是皇上所赐,唯有眼泪是自己的,可是又不能串成珠子奉上——曲终究不是坊间八卦,还当归于艺术,有一些绛珠仙子向神瑛侍者偿还宿孽的意蕴了。高力士出主意送一缕青丝——这个主意很高明,身体发肤,是一个象征,一旦进宫即意味凤还巢。事情却还没完,唐明皇又夜不归宿,皇上后宫三千,有什么归不归宿的规定,可是,杨贵妃竟然一早跑到梅妃居所捉拿——这就是杨贵妃为唐明皇带来的热闹的人生。这热闹的人和事,人事里的性情,是文字擅长表现的。

六
逻辑的追寻

小说里的人和事,是由文字讲述实现,方才说过文字的间接性,它没有直观的说服力,因此需要有特别合理的逻辑。小说的逻辑是由什么来规定呢?小说表现的是人事,人事和自然物理不同,它的客观性是人为规划的,所谓人为就是现实生活的经验。大约可以说,现实生活经验是小说的基本逻辑,我们检验小说情节合理不合理,是依照现实已然发生过的经验作判断,而我们所追寻的逻辑的可疑处也在这里:为什么我会觉得这个逻辑是合理的呢?因为它在现实里发生过、实现了,哪怕是出于一个偶然。现实中有无数千奇百怪的事情,是不是就可以看作"逻辑",意味着事物发生的必然性?如果我们放弃被现实生活证明过的规则,我们又向哪里取得因果关系?如果我们太过拘泥于现实经验,我们又如何创造一个与现实生活不尽相同的存在,也就是艺术存在?完全复制现实是不是小说的本意？如果不是完全复制，那么究竟又是在怎样的背离程度上，小说的美学方才成立？这一章一直在说，我们的材料——文字，是怎样的软弱，但同时，又有一股子韧劲。

作家刘恒写过很多小说和电影。由于电影传播的层面较广，他的电影较小说出名，其实，在后者他有着极高的成就。刘恒有一部小说《贫嘴张大民的幸福生活》，后来被改编成电影、电视剧。可是，事实上，所有其他的形式都无法替代小说的表现，它真正发挥出小说的材质——语言的特性，它可说是一篇为文字立传的故事，具体的直观形象都减损了价值，这是一个不应转化具体形象的故事。故事的主人公张大民是一个生活在北京底层贫民家庭的孩子，幼年时候父亲工伤去世，作为家中的老大，成了家中的顶梁柱，担起抚养家人的责任。他和母亲、弟弟妹妹挤在一个大杂院里的一间小屋，先是为衣食担忧，弟妹长大成人，再为婚娶操心，婚嫁带来住房的窘迫，继而是亲人失和的危机，但所有的难堪困顿都在张大民的"贫嘴"里化解。每遇到一个难关，张大民就开动他的贫嘴，滔滔不绝地宣讲一番，经过他的重述，难题便转化成一件不仅可以克服而且甚至是有趣的事情。他用他泛滥的语言，虚构了一种特殊的幸福生活，将悲剧变成喜剧，带着家人穿行过艰辛的岁月的隧道。小说的写作者其实都是贫嘴张大民，就是把现存的实有的生活经验，塑造另一个也许有、也许没有，无论有、还是没有都是更接近我们想象和期望的世界，塑造的方法就是语言。在小说的天地里，语言是能够创造一切的材料和工具，我们将语言写成文字，这种顺时间而流去的存在固定下来，具有了物质的形态。

法国小说家普鲁斯特的《追忆似水年华》，我以为穷尽了语言叙述所有的能和不能，它充分显现了叙述的特质，就是和时间赛跑。语言总是滞后在事情发生的尾巴上，此一时就是下一时，一切讲述都是"追忆"，而在不断流逝的时间后面，"追忆"多少是刻舟求剑，我们永远无法真正认识我们经历的人和事，从经验中得出的结论永远稍纵即逝，我们必须应用抛物线的物理原则，沿着轨迹，接力想象，超出普遍性的经验。

小说从现实生活经验里归纳总结的因果关系链，说到底还是凭借共识。有一次我去买韩剧盘片，朋友推荐的剧名为"恩实"，影碟店只有"银实"，年轻的老板娘说"恩实"就是"银实"，我反复质疑，她就说了一句话，她说："我知道你要看什么，你要看生活。"这句话多有意思，就像出于文学评论家之口。韩剧之所以能覆盖性地传播给不同地方尤其亚洲人群，原因在于它最大限度地启用共识，这共识就是生活。韩剧里故事往往是有关社会道德、家庭情理、青春男女等等最为普遍的伦常关系，是每个人身在其中的处境所然。然而，写作者的理想却是超出共识的，他们是从共识出发，走向更高的境界，这境界也许并不是为现实准备的，只是在精神里开辟场所。但无论去向哪里，共识是不能放弃的，既然小说是用语言文字，以共识为条件的原料，制造一个以共识服人的再生物，离开共识就寸步难移。即便是幻想小说、神怪故事，依然还是在共识的基础上生发情节。总之，我们从普遍性的人生走向理想人生，好比跳远者的助跑、大桥的引桥，这助跑和引桥，就是共识。

以我的偶像、俄国小说家托尔斯泰为例，在他的小说里，经

第四章 从小说谈文字　　107

常会出现不可思议的场景：《复活》里的贵族聂赫留朵夫走在西伯利亚流放的队伍里；《战争与和平》中，同是贵族的皮埃尔则走在拿破仑军队的俘虏队伍里。托尔斯泰总是让他高贵的主人公沦为罪人，就像耶稣钉上十字架，然后复活。然而，事情是如何走到这个地步，托尔斯泰从来不回避交代经过。事实上，小说家最受吸引的也是这个过程，一桩事情如何会从常态走进非常态。如《战争与和平》的皮埃尔，他的暧昧出身，突然获得的爵位和遗产，盲目走进婚姻，陷入不伦的丑闻，继而是荒唐的决斗，伤害了对手，他浑浑噩噩的人生终于到了清醒的时候——托尔斯泰有足够的耐心，建设他的人物的精神世界——这是文字擅长的工作。如果是美国西部牛仔，那么就交给电影吧。电影对动作与外形有办法，而小说的优势则在于精神。就这样，皮埃尔的理性成长起来，从感官王国走向思想王国。托尔斯泰给皮埃尔一个静思的机会，为这机会我以为他做了漫长的准备，当结束了激烈而又混乱的外部生活之后，他必须要有向内心引渡的机会，进行反省、思考：人生到底是什么？活着是什么？爱情是什么？死亡是什么？上帝是什么？人，在天地之间究竟是什么样的一种存在？这一个静思的活动，在什么地方进行，方才对得起它的重大性质？如果是想念恋人，那么比较合适坐在海边，或者湖畔；倘是思乡，则可在旅途中。然而，托尔斯泰交给皮埃尔思想的任务是涉及他的本体，安身立命，具体地说，他究竟是谁，抽象则是浩瀚宇宙，造物的第一次推动。皮埃尔的静思是在空城里一间无人的屋子里，这就有了经院和苦修的意味。这间屋子是谁的呢？是共济会长老的居所。皮埃尔了结了婚姻，处理了财富，脱离监护人的控制，与狐朋狗友断交，走出莫斯科，开始一场自我放逐的旅行，就在换马的驿站上，认识了这位长老。旅途是文字大有用武之地的一处，驿站、邂逅和智者聊天，更是文字的特权。之后，皮埃尔又经历了对共济会的狂热与失望；在自己的农庄进行改革开放，继而失败；拿破仑发动战争，进攻俄国，他走上战场，却一点也帮不上忙，终于拿破仑打进莫斯科，军民撤退，留下一个空城。在我看来，这个空城是为皮埃尔开辟的舞台，他将在这里上演思想剧，完成嬗变。这就是文字里的战争，它不是为直观所设计，意图更在形而上。在此，让我们回望一下，会发现人和事已经走出普遍性的共识很远，事情变得越来越不可思议。在逝去的长老留下的空屋子里，几十个小时"离群索居的不寻常生活"，足够不识世事的皮埃尔生出狂想，刺杀拿破仑！文字的功能又呈现了，它将这一桩英雄伟业变得荒唐可笑，就像歌剧里谐谑的段落，文字的主观性质在此体现作用，它重建事物的客观状态。若是一个平庸的作者，也许会让皮埃尔在此就蜕变为一个新人，但托尔斯泰还不放过他，这是托尔斯泰的膂力过人，他将皮埃尔思想的进深推得更远。我以为这也是文字叙事的能量，它能够承担托尔斯泰交予的任务，至少在这一个阶段。一个天才，总是会过度地挥霍材料，陷于能源危机，认识永远超越方法，走在前面。看托尔斯泰的传记，写他晚年时候沉迷音乐，我想他是不满足文字的表达，他对世界的看法已经突破形象，走到形而上，需要更有力量的符号才能够描绘他的那个宏观性存在。音乐的抽象性暗示着这种可能，可是完全脱离具象又容易使人陷入虚无。我觉得，托尔斯泰每每走到人物的终局时候都流露出无能为力。聂赫留朵夫最后在西伯利亚要塞司令的温馨家庭里看见一种不受苦又不犯罪的生活；安德烈濒死前，恩怨情仇全融为一体，形成和谐；皮埃尔呢，思想的任务完成以后，要把他安置在哪里？托尔斯泰让皮埃尔和娜塔莎结婚，生下一堆孩子，娜塔莎衣襟被丰厚的乳汁浸透，有一种地母的形象，但显然不能够满足作者的野心，又添加微妙的一笔，皮埃尔又为一件神秘的危险事吸引，似乎与十二月党有关，可是，难道这就是终点吗？似乎也不是。小说的局限大概就在这里，它的世俗性格决定了具象的形式，文字的建设功能在叙事的范围内，终究需要服从普遍性的共识，对于托尔斯泰这样的思想家，显然是不够用的。但是，我们可以从社会学、人类学、历史、哲学，同样以文字为方法的学科里，窥见它的可能可为，为叙事艺术增添养料，拓展空间。

第五章 小说课堂

关于小说写作能不能教与学的问题，争论一直很热烈，主张不可能的意见可说占压倒性多数。我曾经和一位法国女作家对谈，她是法国许多重要文学奖项的评委，在大学里教授欧洲文学，她就属于反对派。理由是，她说，能够进入教育范围的科目必须具备两项条件——学习和训练，而写作却是在这两项之外，它的特质是想象力，想象力是无从学习和训练的。我说，可是现在许多学府，尤其美国，却设置创意写作的课程和学位，那又如何解释？于是，她拉长声调，以一种特别轻蔑的口气说："美——国——！"美国是一个后天形成的民族，是新大陆上的新人类，相信没有什么事是人力不可为，任何事物都可能纳入工业化系统复制生产，如好莱坞、迪士尼、麦当劳，包括创意写作，占全世界学科学位课程百分之九十以上，也确实出来许多作家，我们熟悉的哈金、严歌苓，印度裔女作家、获普利策小说奖的茱帕·拉希里；即便是写作教育初起的欧洲，英国的东英吉利大学创意写作硕士学位课程也出了一位出名的学生，就是《赎罪》的作者伊恩·麦克尤恩，据说从此报考人数激增，学费也因此提高。看起来，创意写作的教育大有发展的趋向。当然，我本人也认为写作从教育中得益有限，决定性的因素是天赋的特质。方才提及的这些人，即便不读学位，也会成为出类拔萃的作家，其中还有命运的成分。但是，在个人努力的那一部分里，教育多少能够提供一些帮助。我们的创意写作课程，做的就是这部分里的事情。经过几年写作教学的实践，不能说总结出什么规律，只是一点点心得，今天和同学们分享一下，也趁此机会，作一个回顾。

一

写作实践课

写小说门槛不高，识字就可一试，尤其现在有了网络，任何写作都可以公之于众，无须经过编辑出版的审读，决定哪一些是合格，哪一些则不太合格，标准就在涣散。问题是，谁都可以写作和发表，那么谁来阅读呢？阅读在自行选择着对象，制约着写作的标准。所以，标准还在，潜在宽泛的表面底下，比较由编辑所代表和掌握的权限，其实更困难于检验真伪，需要有高度的自觉意识，写作者面对的挑战也更严峻了。前一讲是说文字的艰深，这一讲呢，又似乎是说文字的浅显，这确实是挺让人迷惑的，小说使用的材料，浅显到日常通用。记得许多年前，听诗人顾城演讲，他说我们的语言就像钞票，发行过量，且在流通中变得又旧又脏，所以，他企图创造新的语言。我想，即便可能创造新的语言，也是诗人的特权，因为诗是一种不真实的语言，没有人会像诗那样说话，而小说却必须说人话。以这样普遍性的材料，却要创造特殊性，从旧世界生出新世界，可是，小说的乐趣也在这里。我想，凡写小说的人，大约都有一种特质，就是喜欢生活，能从生活中发现美感，就是说懂得生活的美学。大约就因为此，而对生活不满意，怀有更高的期望，期望生活不只是现在的样子，而是另一种样子，有更高的原则。这样的悖论既是小说写作者的困境，同时激发热情，用你我他都认识的文字，写一个超出你我他认识的存在。我喜欢明代冯梦龙的《挂枝儿》，就是喜欢这个——"泥人儿，好一似咱两个。捻一个你，塑一个我，看两下里如何？将他来揉和了重新做，重捻一个你，重塑一个我。我身上有你也，你身上有了我。"清代大师王国维对元曲的文章甚是推崇，仿佛"宾白"，就是说话，"述事则如其口出者"，还敢用"俗语"作"衬词"——"绿依依墙高柳半遮，静悄悄，门掩清秋夜，疏剌剌林梢落叶风，昏惨惨云际穿窗月。"我们小说要做的也是同样，用俗语写出诗。

我在复旦大学中文系为创意写作专业硕士学位教课，课程的名称为"小说写作实践"，时长为一学期，总计十六周，每周三个课时。课程主要为课堂导修，即工作坊，大约占三分之二比例。工作坊合适的总人数在七到八名学生，这样每个同学分配到的时间比较充裕，课程中大约可完成一份作业。但是我们的学生人数通常在十五名，甚至更多，十六、十七，甚而至于十八名，所以只能分组，两周或者三周一轮，而同学们大多立意宏大，所以，课堂上的作业就不能要求完成。我只是尽量使他们体验小说的进程：如何开头，设定动机，再如何发展，向目标前进——也许他们会在课堂外最终完成，也可能就此放下，但希望他们能从中得益，了解虚构写作是怎样一种经验。这一部分的训练——我又想起那位法国女作家所说，写作无法训练，我很同意，很可能，课堂上的训练他们永远不会用于未来的写作实践，假如他们真的成为一个作家，写作的路径千变万化，无法总结规律，很难举一反三。但是，有一次无用的经验也无妨，至少，有这一次，仅仅一次，有所体验。工作坊我是给范围的，类似命题作文。这些题目不一定适合每个学生，曾经就有同学跟我说："王老师，你给出的背景条件和我自身经验不符，我很难想象故事和人物。"我说："这一回你必须服从我的规定，就像绘画学习的素描课，你就要画我制定的石膏。"事实上，在规定范围内更容易想象，因为有现成的条件，例如，在工作坊的同时，我还让他们做些其他训练。方才说了，我们的学生人数多，面对面导修的时间减少，作业量也相应降低，不能让他们闲着，就要多布置作业。我曾经让同学们阅读美国桑顿·怀尔德的剧本《我们的小镇》，让他们每人认领一个人物。这个剧本是个群戏，人物很多，且是在同一个小镇活动，社会环境比较单纯。他们每人认领其中一个人物，然后为这个人物写一个完整的故事，可以是前史，也可以是后续，总之是一段生平。令我惊讶，他们都写得很好，这些距离他们生活遥远的人物，本应该限制了想象，但却活灵活现，生动极了。因此，适当的限制是必要的，可让他们有所依凭。设计条件不仅需要想象力，还需要生活阅历，更需要学习如何调动自己的经验。当然，许多人认为，写作不是靠学习完成的，但是从广义上说，什么又不是学习呢？

怎样给同学命题？具体说，是给一个空间，犹如戏剧的舞台。在进入课堂之前，我指定他们去某一个地方，如田子坊。在上海旅游指南上，你们也许都看见过田子坊的名字，是位于上海中心城区里的大型里弄，直弄和横弄纵横相交，几乎占有一整个街区。上海的弄堂在一定程度上体现出阶级的分层：越小型的，阶层越高；越大型，甚至从主弄派生支弄，支弄再派生支弄，逶迤蔓延，房屋的等级和居民的阶层就越低。田子坊正好在高端和低端中间，是中等市民的住所，可谓典型的市井人家。1958年"大跃进"的时候，中国工业从低点起步，上海开出大量集体所有制工厂，以补充计划经济，厂房就设在里弄民居，有手工作坊式的，也有小型的机械化，坊间称作"工场间"。其时，田子坊里就集中了相当数量的工场间，不要小看这些弄堂小厂，上海受到全国青睐的日用产品就来自它们，有一些甚至获得国际金奖、银奖，为冷战时期中国工业产值提供了积累。"文化大革命"结束，改革开放，中国经济从计划走向市场，所有制多元化，这些小厂终因条件有限不利于生存，有的合并，有的转让，有的关闭，还有的在郊区扩展规模开设大厂，田子坊里的厂房逐渐清空，闲置下来。事情大约是画家陈逸飞开始的，他在田子坊租赁一间工场做工作室。可能是同时，摄影家尔东强也到田子坊开工作室，再接着，艺术家们相继而至，把空置的厂房全占用了。然后，居民们捕捉到商机，将自家的住房开辟店铺，餐饮、服装、礼品，因是弄堂居住的格局，所以店铺都是一小间一小间，亭子间里一爿，灶披间里一爿，天井搭了顶棚，阁楼上又一爿，因地制宜反成风格。所以田子坊的形成和新天地不一样，新天地是由政府引进资本建设的，只不过利用弄堂房屋的概念，实际上是推倒旧居，平地而起；田子坊则是自发，在民宅的格式里逐渐形成，至今还有居民在里面生活。

这个区域的成分就非常丰富,是商圈,又是创业园区,同时还是民居,而在弄内外墙上,可见得铜牌上记载着1958年工厂的名字,见证着那一段历史。

我和同学说:你们到田子坊实地走访一下,咖啡馆坐一坐,可以跟店家、住户聊天,也可以在网上搜集数据,然后写一个小说的开头。这个小说可以是在过往的田子坊里发生,也可以是现在的田子坊,可以是过客的故事,也可以是历史的故事,总之,就是和田子坊有关。什么叫开头?就是必要有条件往下发展,这条件包含事情推进的动力和可能性,不是立刻结束,所以就要有一个稍大规模的计划设定。这便是我给出的命题之一。

二
空间的意味

空间是有意义的，方才说到戏剧的舞台，戏剧的舞台是倒置的空间，就是先有戏剧，然后根据情节的要求设计布景。事实上，空间本身就潜藏着戏剧性，我就是要同学们自己把这戏剧性发现出来。怎么发现？首先是要认识，认识得越深刻，空间的潜能就可发现得越彻底。有一次我指派的地方是上海虹口港的宰牛场"1933"。顾名思义，它在1933年建造，用于宰牛。那时候上海有一定数量的英国侨民居留，他们保持着本土的生活习性，对牛肉的需求量很大，于是建造了这个宰牛场，是当时远东最大的宰牛场。从建筑的规模和坚固程度来看，他们是计划长久地驻留上海，就像驻留印度、香港、马来西亚等地。英国在海外开拓殖民地的历史是很久远的，他们似乎特别钟情南太平洋地区，是不是因为热带充足的阳光，丰饶的种植？——早期工业时代的伦敦气候可是很糟糕的。这宰牛场经过几十年社会历史变迁，用途几度改变，太平洋战争之后停业，闲置下来，1949年曾改作药厂，药厂又撤离，最后又闲置。但是不知出于什么考虑，它的总体结构依旧保持原样，圆筒形状，仿佛一个巨大的烟囱，坡道环绕，盘旋而上，是为牛道，牛群就沿此道走进屠宰场。与牛道相对，是一条阳沟，自上而下，屠宰场的血水就顺阳沟流出。宰牛场早已成为历史，留下一个钢筋水泥的壳，在如今的后工业时代，就呈现出时尚风格，从外部形态到内部隐喻，可为现代主义提供多种诠释，所以，很自然地被利用为创业园区。纽约苏豪区的模式正在全世界推广，替代经典资本主义英国殖民，本身就很有意味。所以我也选择它作小说写作实践课程工作坊的命题对象。

我和学生说：你们去到1933宰牛场，好好观察空间，也可以上网查询历史沿革，然后写一个小说的开头。学生都很认真，有结伴去的，也有单独去的，还有些反复去好几趟，企图从中发现人物和故事的成因。我告诉他们：空间是会说话的，就看你会不会听。

同学们似乎比较容易理解田子坊的空间，因为里面有人的生活。而宰牛场则是抽象的，因为比较孤立，它所体现的历史背景距离常识比较远，于是，走到里面，无论多少次地走进去，都会感到茫然。在什么地方，隐藏着故事呢？那一届班上有一个同学，本科读的是物理，他将牛道想象作"莫比乌斯环"，周而复始，走不到头，一个男生给背叛他的女生送上莫比乌斯环，计她在无穷循环里终其一生。这光构思真的很好，很有想象力，问题是这个物理概念如何在生活中，也就是在常识中实现，我们要为这个周而复始安排怎么样的过程？科幻小说不是好写的，不可以为一进入"幻想"我们就自由了。其实，所谓"幻想"是基于现实世界的蓝本，而且还比具体的现实更多一种逻辑，就是科学定律。所以，这个开头终于没有继续下去，中途放弃了。但我还是认为这个同学从宰牛场生发的想象可谓上乘。这个空间确实令人为难，在现实中就不知道要把它怎么样，几度转换用途，究竟也没有长久之计，创业园区也正走下坡路，萧条下来；在虚构中呢，想象不出人在里面如何活动。与前面那位同学相反，另有一个同学的开头很写实：一个农户养了一头牛，年老力衰，不得不送宰牛场。对于这样现实的情节，我们就要用现实里的规则来检验了。我以为这个故事并不符合宰牛场的性质，为什么？我问同学们，1933年，宰牛场，这个空间意味着什么？大家都好像愣住了，面面相觑，很茫然。然后我告诉他们，这个宰牛场意味着工业化，它是大批量的、流水线的工场，所以我们可以想象在这产业的上端，还应该有养牛场，供给屠宰业。在我们的日常生活中，每个空间都在释放信息，有历史社会的，亦有结构性的，它可能和我们的个人经验不接轨，限制想象，可是，在没有经验性条件可资借用的情况下，也许可培养我们观察和认识的能力。

还有一次命题，是虹口区山阴路的鲁迅故居。我努力寻找资源丰富的地方，可以提供多种故事的动因，这个空间有个陷阱，就是符号性太强，容易遮蔽其他的属性，那就是鲁迅。同学们的思想在五四、鲁迅、左联、新文学运动，这些历史性事件里梭行，而这些命题又太过宏大，需要较多背景知识，于是限制了想象。我提醒他们：你们要知道，鲁迅的故居是在上海虹口山阴路上的大陆新村。第一，它是比田子坊新的弄堂房屋，居民的阶层更高，应属中产阶级。第二，大陆新村在上海孤岛时候，是日本人集居的地方，成分很复杂，有日本军阶政界的人物，也有潜伏的特工，如尾崎秀实。尾崎秀实是共产国际佐尔格小组成员，他打入日本内阁，取得上层情报，后来暴露身份被判处极刑，牺牲得很壮烈。他的弟弟尾崎秀树是文学批评家，90年代来上海，专门到大陆新村他哥哥的居所窗下，抬头瞻望，久久不离去。第三，虹口是上海旧区改造相对滞后的地区，依然保留许多老房子，大陆新村是其中之一，居民多有迁出，将旧房出租给外来人口——新的故事因素就介入进来了。

三
世事洞察皆文章

　　同学都很喜欢写作，能够考取我们硕士学位，无疑具有一定的行文基础，描述人和事也很生动。他们最擅长叙述自己的情绪，多少也是被时下风气所影响——网上的博文、受报章出版鼓励的青春写作，所以，以自我为中心的文字，结果却奇怪地彼此相像，趋于同质化。而到了课堂，面对虚构的叙述，描绘他者的生活，却都觉得下笔困难。我很注重开头，因开头决定写什么，同时还要决定如何写下去，它带有布局的意义。好的开头是有前瞻性的，给将来的发展铺平道路，可继往开来。例如说鲁迅故居一题，有个女生的开头很有意思，她写鲁迅生下海婴以后的故事——我们都知道鲁迅和许广平生下海婴后，鲁迅包办婚姻的妻子朱氏在书信里多次要求看看海婴，但终于没有成行。这个女生就设想朱氏来到了他们家，接下来会发生什么事情呢？这是很让人兴奋的假设,它很能够调动我们的日常经验。这一类的故事似乎没有时间性,哪个时代,哪个地区,哪个人群都会发生,而各种情节常演常新,结局也常有意外之处。尤其是,鲁迅和许广平,还有朱氏,是这样新式的旧式关系,以一种绥靖的方式保持了微妙的平衡。朱氏这一上门,默许就变成明示,可谓新旧文化大对决。

　　写这个开头的女生和班上大多数同学一样,是应届本科毕业生,很年轻,也很单纯,无论心智还是阅历远不够补充情节和细节,将她的假设扩展。于是,故事走向罗曼蒂克的三人行,尖锐的现实感消失了,事情有些进行不下去了。往往这样,很多同学在开头之后就丧失了信心,要求放弃,重新来一个。对此我是不赞成的,写作就是要克服困难,才能进深。重新开始似乎生出新的希望,事实上,很可能还是难以为继。因为实质性的问题没有解决,换一个场景,又卷土重来。但是,她的设想太有挑战性了,不仅是她,包括我们所有人,都不知道这三个人加上海婴将构成什么样的家庭格局。我们大家都热情地参加到讨论里。其时,有一个女生提出建议,在我看来,她的建议是讨论中最有价值的。这个女生不是应届报考的,而是在职生,已经结婚生子,年龄稍长于同班同学,她家在农村,自小生活在族亲伦理之中。她想象朱氏来到以后,鲁迅的家庭结构是这样的:朱氏更像是许广平的婆婆,海婴则像是孙辈。她的生活经验给我们提供了这样一个画面,每个人都找到自己的位置,新的秩序建立起来,于是,故事可以发展了。所以写作和自身的经验很有关系,也许真没有神童这一说,不存在文学神童。这四个人的关系规定妥了,就可以考虑彼此间的互动方式,继而讨论到一些很有趣的问题,比如说,他们在不在一桌吃饭？萧军、萧红来了，朱氏会不会出面接待？他们说话聊天，朱氏会不会插嘴？如果去除"封建婚姻"的标签，她未必是那样无味的人。鲁迅去世后，学生到北京阻止她卖书，说是大先生的"遗产"，她回答，我也是大先生的"遗产"，你们怎么安置我？话里颇有大先生的机锋呢！

四
课上的故事接龙

方才说的工作坊,是小说写作实践课程的主体部分,占三分之二课时,余下的三分之一,我们换一个学习方式,就是故事接龙。工作坊越进行越煎熬,因为越来越接近写作的核心部位,难度日益加剧,而且作业的压力也在增量,需要适当地释放一下,以免让他们对写作生厌。接龙总是很受同学欢迎,我想不需要交作业是一个原因,还有一个原因是大家可以携手合作,比起独自苦思冥想,更像一个游戏,热闹开心。我想告诉大家,写作其实是有趣的,很有趣。我向同学描述其中一次"接龙",以分享经验。

我让同学每人写一个开头,这个开头要具备发展空间。《红楼梦》里有一回,众人聚在一起行酒令,凤姐起句。王熙凤没读过什么书,她上来说了句:"一夜北风紧。"这是一句大俗话,离诗词的意境甚远,可是大家都叫好,说:"这句虽粗,不见底下的,

第五章 小说课堂　125

这正是会作诗的起法。不但好,而且留了多少地步与后人。""不见底下的",就是有发展的空间。而交上来的故事开头,往往发展空间有限,因条件太多太具体,限制了可能性,用大观园里人的话说,就是没有留多少地步与后人。首先,我行使特权,粗筛一遍,得出五则,再让大家从中推举。这一班的同学很有意思,先前一直给我沉闷的印象,但是,渐渐地,现出个性了,这是决出开头最漫长的一次。对我推荐的五篇,同学们保持沉默很久,接下来的情形始料未及,多位同学开始申诉自己的开头。虽然事情有些棘手,但我还是很欢迎,我喜欢他们这样,有主张。反复商讨争论,最终从我选拔的范围中决出一篇,本人重申中再决出一篇,两相对峙,各有支持者,而且都态度坚决,委决不下。前者讲一个女孩子大学毕业后,跟几个女生合租一套房子。女主角从来没有谈过恋爱,没爱上过人,也没有被人爱过,她言语拘谨,行为保守,穿着亦很灰暗。与她相反,合租的另一个女孩子则是个性情活跃、交游广泛的人。有一天我们的女主人公回到家,看到门缝插有一张便条,是写给同租的那个女孩子,显然是男孩子的约会,从字条上看,那人只远远地看见女孩子的倩影,印象美好却也模糊。女主人公私自扣留了便条,接受约会,定下地点和时间——这个开头是有些悬念的:她以合租女孩的身份还是以自己的赴约?对方能否辨识真伪?倘若得知实情,是欢迎还是失望,甚或拒绝?那真身女孩会不会发现?发现了又会如何,她有许多异性交道,多一个少一个在意不在意?

半途杀出的后一篇,倒有点像凤姐的起句"一夜北风紧",比较简单。说的是一对夫妻买了一幢别墅,别墅有一个小小的院子,于是他们想种一棵树，就在挖坑的时候挖到了一个箱子——她觉得自己的开头比较好，因为这个箱子里可能有奇迹发生。我很欣赏她的性格，只是顾虑她的这一个条件过于简单，不像前一个，多少有些规定，不至于完全没有方向。但是她的呼声很高，箱子里到底藏了什么，让大家浮想联翩。于是，开启民主，投票决定，第一轮结果，一半对一半。再让两位助教参加，还是一半对一半，事情僵持着。同学们要求我参加表决，考虑下来还是不参加，因为有滥用权力的嫌疑。再一轮时候，毛遂自荐的同学再次出手，自投一票，原本她们都礼让着，放弃选举权，于是，"约会"出局，接龙从"箱子"开始。

五

生活找灵感

接下来的一堂课，我们要解决箱子里究竟藏着什么东西。这是个关键性的问题，它意味着要在一片空白上开辟路径。其实，这才是故事的开头，而箱子是开头的开头。选择地下挖出一口箱子，本以为有很多情节的机会，可一上来就把大家难住了，因为过于缺乏限制。同学们想出许多劲爆的箱内储物，年轻人往往重口味，有毒品，有珠宝、赃物、古董，甚至是一具尸体。我不反对尸体，虽然很恐怖，可是往下要怎么发展呢？这具尸体是谁，为什么被杀，怎样被杀，怎样被放进箱子，埋在地下，这件杀人埋尸案，又包含什么意义？一个人的生命是件大事情，你不能随随便便让人死，要让他的死价有所值。其时，同学们都意识到了，箱子里是什么，将决定发生什么样的故事，而什么样的故事又再向我们要求更多的条件。于是，我们暂时放下箱子里的神秘东西，先设计外围。

也是让事情逼得退回去，构思前史。

令人欣慰的是，同学开始考虑细节，例如这对夫妻什么年龄、做什么工作、经济状况如何、结婚多少年才买这个房子、有没有孩子……事情在具体化，而这正是之前工作坊我要求他们做，他们且以为多余。他们作业里的人和事往往很孤立，我免不了要质问这个角色的背景、周遭关系、生活来源，甚至出生年月——哪一年出生就意味着他经历过怎么样的遭际。这一次，他们自觉地考虑这些，因为没有背景，故事不能进行。事实就是，箱子里是什么，就决定给这对夫妻什么样的情节，什么样的情节又反过来规定他们是什么样的人。现实中的事件是顺时序发展，但虚构小说却是从目的地出发，逆向行驶。

经过一番讨论，我们决定他们是一对独立奋斗的夫妻，年龄在三十五岁上下，都市白领阶层，他们一直有一个心愿，就是住一幢带院子的独栋房屋。他们的父母都是一般人家，不能给予很多支持，所以只有靠自己。经过十年努力，终于买下这一幢。以他们的经济条件以及十年积累，别墅式房屋只可能在远离市区的城乡结合部，而且是二手房。那么，这一个盒子就有可能是上一个房主的遗留物，他们之间要不要有什么交谊，朋友，还是故旧？然后我们决定还是通过中介交易，与前房主的关系又要增添一部前史。单是小夫妇俩的已够大家受的了——我已经很满意收获，同学们从实践中承认故事需要来龙去脉，无论事故多么奇出，还是要遵循现实的普遍的逻辑。男女主人公变得具体了，可是，我们依然不能决定箱子里放的是什么！我们卡住了，怎么办？再一次搁置，脱离开，旁出去，说不定在哪里触碰机关，于是，"芝麻

第五章 小说课堂　129

开门"。我建议大家各自回忆,生活中有没有发生过诡异事件——挖出一个箱子,箱子里藏了东西,可不是挺诡异的?

这个提议打开了话匣子,尤其是女生们的话匣子,我发现女孩子比男孩对世界的看法更抱神秘主义,而男生更重视实证。有个女生说,每当她谈到某个人的时候,肯定的,这个人就出现眼前;有个女生说,在她们家乡,凡是举丧,就会飞来碗口大的黑色蝴蝶,村里的人很爱护这些蝴蝶,从来不会捕捉它们,像对待亡灵一般虔敬;又有个女生说,她买的发卡,凡是有发亮的镶嵌物,水晶或者珠子,总是会消失,留下那些不发亮的……课堂变得活跃,只有一个男生参加话题。他的奇异事件严格说更近似一种科学探索,他说他向来羡慕那些梦游的人,在梦游中会经历什么,有一天,他做了一个梦,梦见他在梦游……漫谈一番,回到正题,胶着的状态仿佛松弛一些,思想经过休憩,又获得动力。经又一轮商量,意见集中在两件东西上:一件是古董,可能是盗墓者临时藏匿,这一个别墅区的房屋大多用于投资,并不居住,所以空置着,房屋格式相同,藏匿者就可能找不回来,或者找回来了却已经搬进住户,这样就有了故事的线索——藏宝和夺宝的故事;另一件是一只猫的尸体。猫在民间有很多传说,有灵异的性质,我们常说猫有九条命。这一次的两选一比较顺利,大家同意箱子里的是死猫,死猫比较有隐喻性,发生故事的可能性也就多了。当即有同学想象,猫尸唤起妻子对往事的回顾。原来之前有一段婚史,有一个孩子,孩子养过一只猫,可是孩子死了。这个情节透露出同学们开始倾向选择日常化的人生作虚构对象,并且,他们意识到箱子里的东西揭晓出来,有了模糊的方向,反而需要退回来,进一步完善人物的前史。

六
隐喻和事实

到了接龙的第三课,我们开始讨论这只猫给主人公的生活带来什么影响,这就要求我们更详细地编写这对男女主角的前史,将来的事情跟过往的事情是分不开的。从上一课的设定出发,年轻的孩子总是伤感主义的——这只猫使女主人回想到一段不堪的往事,曾经和另外一个男生恋爱,生下一个孩子,孩子养了只猫,不久孩子死了。女主角的故事大体上决定了,可是接下去,再发生什么呢?这时候,一名男生做出一个非常重大的贡献,这位同学的作业常常让我不寒而栗,他有着惊人的想象力,沉迷可怕的事物,也许将来会成为斯蒂芬·金那样的作家,可是,即便是斯蒂芬·金,不也要遵从现实的法则?这一回他的贡献也很可怕,可却具有突破性的价值,弥补了写实主义的不足。有时候,日常化的情节需要奇拔来提升境界,更上一层楼。他建议,有一日他们家中来了一只猫。这事情有点森然，但也有现实依据，小区里总是流浪猫成群。一只猫的出现使死猫的隐喻外化了，并且活动起来，可以具体地介入人物的生活。于是就有同学提出，这只活猫自行出入，会打碎东西，印下爪痕。隐喻的暗示性越来越强烈，可是它终究暗示着什么？就是说，隐喻所指向的事实是什么？隐喻是比较容易决定的，生活中任何细节都可被诠释成隐喻，难的是事实支持，而事实是叙事的主体。有一年复旦大学自主招生面试，由各科系的老师综合组成面试小组，哲学系的一位教授举起一瓶矿泉水，向考生提问：你看到了什么？这个问题我也答不上来，太为难人了。可见提出隐喻很容易，顺手即可取得，事实就不那么简单了，它需要整体性的结构。这位老师可说是把方便留给自己，困难留给学生——学生必须为隐喻编制故事。而对于小说写作来说，通常是先有故事，然后才派生出隐喻。现在，课堂上，事情反过来了，先确定了隐喻，再发展事实，没有事实，隐喻就缺乏支持。

猫这个隐喻我们完成得很好，发现死猫，家里同时进来一只活猫，既有阴森感，又有神秘感，仿佛那逝去小孩的幽魂在游走。那么这个丈夫该不该知情呢？知道还是不知道妻子的过往？同学们在这点上很聪明地保持一致，认为丈夫不应该知道，以后也不知道为佳，因为如果让他知道了，就变成韩剧一样，不断在现在时里处理过去时的事故，来回纠缠。同学们有意识把故事往前推动，体现出他们对已有事实的不满足，而期望进一步拓宽和进深。那么，就让女人自己回顾往事，沉浸在上一段爱恋的记忆中，男人浑然不觉？那么，男人对这只猫的态度如何？留还是不留？决定留下来，不干涉，让女人对付，他继续上班，不是上班族吗？还要还贷呢。女人要不要上班，难道不挣钱了？也要挣，但是最好是不用上班，在家里的活计。不能让他们同出同进，不方便保守秘密。女人就在家中，干什么？开网店！不用出门，又可和猫厮混，说不定能混出什么情节。男人应该要上下班，比较自由，发生点事情也方便，发生什么呢？几乎众口同声：出轨。所以，下一堂课，也是学期内最后一堂，我们要为男人设计一个婚外恋。

七

爱情和美学

搬入新居这个时间点是有动力的,不能忽略了,要让它起作用。对妻子来说就是启动过往的经历。那么对丈夫而言,搬家的意思又何在呢?十年奋斗目标实现,下十年做什么?同学们同意丈夫出轨一次——不知不觉中在寻找故事的架构,妻子有过一段故事,尽管丈夫不知情,但在客观总量上考虑,丈夫也应该发生一点事情,平衡他们的关系。如果让丈夫知道妻子的事情,然后出轨,就带有一种报复性。复仇的故事难免简单,同时,也损失爱情纯粹的浪漫性了,所以应该让它不自觉中,不以主观意志为转移地发生。

出轨的材料很多,可是要想象一个有新意的出轨故事并不容易。爱情里总归是有一点美学的,爱情的艺术题材经久不衰,就是因为它具有丰富的精神价值。它包含伦理道德的社会属性,同时又有人性本能的自然性,文明和原始两者之间的复杂关系永远在调节中，你升我长，此起彼伏。具体到小说的叙事，必须服从现实的逻辑，安排一个合情合理的出轨，说来容易做起难。现在，我们的出轨者，心理基础有了，客观因素又是什么？具体说，出轨的对象是谁？旧日的同学，老朋友重逢，办公室同事，这都不足于启用搬进新居这一个契机，那是在任何环境下都可能邂逅的关系。为什么以前没有发生，偏在此时发生？应该是迁居所制造的某个条件之下——有同学提出新邻居。这很好，说明他们理解了新形势下的新条件，问题是，邻居是在居处范围内，没有脱离妻子的视线，总归不大方便吧！而且也太现成了，缺乏戏剧性。这时候，有同学提出一个聪明的建议，新居在郊区，上班路程就会长很多，可不可以发生在上下班的路途？路途是个故事的好空间，它既有稳定性，每天都走在这里，同时，又具有流动性，可能介入预期以外的因素。接下来的问题是交通工具，地铁、公交车，邂逅的几率有是有，但都是擦肩而过的几率，时间不够充分。而且，同学们一致提出，这样的年纪，不是三十五岁吗？在他们的年龄，就算是"大叔"了，小中产的大叔，决定在郊区买别墅，一定是有车族，开车上下班，途中就有可能遭遇爱情，如搭车的人，再如网上拼车的同路人——这个建议颇有价值，它使得事情可能向传奇方向走了，为非常态的出轨设立了一个常态的条件。那么是一个长期的拼车伙伴吗？那么，是一个怎么样的拼车伙伴，我们在这上面花去一些功夫。这个女性——当然是女性，我们不打算过于出位，为他找一个同性伴侣，这个女性具备什么特质能够吸引大叔出轨？大叔通常是稳健成熟，同时呢，同学们一致以为大叔是过着一种沉闷的生活——这很有趣，无论对自己的青春有多么不满意，还是会惋惜逝去的青春。对于一个走入平静安稳人生的大叔，长期的拼车伙伴，关系就像婚姻一样，就有落入窠臼的趋向。这话说得有点世故了，在婚姻关系外寻找新鲜感，多少是对婚姻有点厌倦，所以，我们应该给予一个更加刺激、更加炫的邂逅。那么，不要长期的，而是偶尔的、一次性的，带有闪烁、转瞬即逝的意味，意味有了，故事怎么向下进行呢？

　　一个女生提出，大叔跟过路客拼过一次车以后，魂牵梦绕，再也难忘，决定找到她。寻找是需要条件的，拼车软件留下线索，上下车的地方也是线索之一，还有，车程中的交谈，一定留下蛛丝马迹——车程中的交谈本就是情节部分，他们谈些什么，让大叔忘不了她？有同学说那大叔的人生目标很具体，就是买别墅，所以他是个工作狂，过着两点一线的生活，往返于家和公司，从来不曾去过其他地方。而这个拼车的女生是个传媒工作者，专做旅游节目，她和大叔说将要去，例如西藏。于是，大叔就去西藏寻找，这一趟路可就远了，真有些"出轨"的意思。

八

自由和限制

我很同意西藏这个地方,但是不太同意路遇人是媒体的身份。我认为有些职业不太适宜担任小说的情节,就如传媒人,因他们有太大的自由,可以任意建立人际关系。建立人际关系正是小说的情节所在,媒体拥有的过度的权力,实际上取消了过程。采访的任务、调查的能力,可以提供任何理由和条件,揭露真相。在那些现代侦探电影里,往往有一个记者介入案情,因为有特权可以去所有我们不能去的地方,又能够突破警察面临的司法限制。可是问题就来了,在叙事取得效率的同时,情节过程压缩了,人和事都省略了。

但是,一时想不出更有效的路遇,女生是传媒工作者这个建议,大家暂且同意了,讨论继续下去。这个女生是负责旅游节目的,会跟这个大叔谈到很多她去过以及将去的地方,例如西藏,大叔会不会跑到西藏去找她呢？我说过，西藏这传说般的地方，确实暗合"出轨"的隐喻，但是事实上，困难很大，故事一下子拉到千里之外，完全离开了盒子里的东西——猫，也就是离开了那一半，妻子的情节。两条线如何应合呢？本来，让他出轨是为平衡故事的结构。于是，传媒人放弃了，暂不定职业和身份，所以，就很神秘，这也意味着同学们开始注意人物性格的特质。一个同学说，这个女生给大叔出了一个谜，或者说，她自己正被困扰着的谜。大叔日思夜想，终于他得出答案，从网络上告诉女生——互联网也是一个陷阱，它无所不能，还不像媒体记者，终究是在与人的交往中解决问题，它是在键盘上，揭晓一切。大数据时代对叙事艺术的挑战，就是取消悬念，取消过程，取消行动，取消人和事，最后，小说没有了。总算，我们这个故事没有过于依赖互联网，可以在网络之外进行。女孩要大叔猜的是一个什么谜呢？我们需要构思一个离奇而有意味的谜，想一个好谜可不那么容易，而且还要负责地给出答案。思路在这里壅塞住了，只好放下，绕道而行，重找出路。又有同学提出，这个女生喜欢烹饪，她在车上和大叔讲了一道菜，令大叔非常入迷。同样的问题来了：那是道什么菜呢？设计一道菜似乎比设计谜语容易，我们不都吃过很多菜吗？水煮鱼、宫保鸡丁……报了一串菜名。同学们的想象力往往是在两极，一头是极端的离奇：古董、尸体、毒品；另一头是极端写实，如水煮鱼。我说能不能来个奇特点的，例如像《红楼梦》里，薛宝钗的冷香丸。不一定是现实中有的，太现实了，用张爱玲的话来说，就是太有尘土的味道了。既然决定了给男人一段浪漫史，那就应该是一些异于平常的东西。

讨论到这里,有个女同学发言了。这个女生本是化学专业,已经取得学士学位,又攻读研究生课程,再读一年就可获得硕士学位,可是她却对化学忍无可忍,坚决要转专业,到我们创意写作就读,否则宁可退学。研究院可说专为她破例,插班进来。因缺乏文科基础,又是半途进入,既对文学写作陌生,也对同学陌生,难免是沉寂的,老师们也对她能否顺利毕业而感到担心。但是,偶尔地,她也有意外的表现。学期中,我额外安排一项作业,是续写美国电影故事《我与梦露的一周》。这个电影开篇很好——我说的是文学剧本,电影总是会简化剧本,开篇说的是故事里的"我",上世纪40年代出身上层的英国年轻人,受世风影响,计划从业电影。对于他学院背景的家庭,不谓不是离谱,但开明的父母还是为他铺设道路,寻找人脉,介绍到伦敦电影公司求职。坐了几天冷板凳,终于得到机遇,就是费雯·丽的来到。公司正筹拍的作品是由费雯·丽的丈夫奥利弗导演,我们知道,这是一对话剧舞台的明星伉俪,无论奥利弗的对手戏,还是执导的女主角,总是费雯·丽。可是这一回,换作美国艳星玛丽莲·梦露,费雯·丽多少是不悦的。这个换角计划意味着她的过时,不只是年龄,也是艺术形式——电影即将取代舞台,在这失意的时候,注意到了年轻人,运用对奥利弗的影响,将他塞进剧组。当玛丽莲·梦露来到,却使翘首以待的人们感到失望,因为她竟然不会演戏,须臾不能离开所谓表演指导,更准确地说,是一位保护人,防止任何人近身。另外还有一位随行,就是玛丽莲·梦露其时的丈夫、作家阿瑟·米勒。面对奥利弗瑟缩作抖的女明星,在某些镜头里,出乎意外地光彩照人,连费雯·丽也不得不折服。这是一个开头,引发很多想象——有关于女演员的事业危机，好莱坞艳星的宿命，有年轻电影人入行的机要，更有电影工业兴起，对传统舞台艺术的冲击……可是，令人失望的是，电影的下半部走向通俗化，阿瑟·米勒独自回去美国，丢下妻子独个儿陷入精神崩溃，那年轻人得以陪伴玛丽莲·梦露一周时间，就是片名的来源。多少落入《罗马假期》的套路，严肃的命题被空置了。我要求同学们从阿瑟·米勒离开这一节，重写下半部，启用前半部里所有的条件。这是给同学出难题了。因为阅历有限，对生活认识有限，也是时下流行文艺影响，多数同学还是离不开浪漫史的路数，但亦有少数同学能够往深处掘进。例如有同学写那年轻人从此变成一个猎奇老手，游走在情场，收放自如；又有相反，年轻人再也无法爱上同龄的女孩子；再有一位，放下年轻人的故事，而是转向他的初恋女友、剧组里的服装师，被玛丽莲·梦露夺爱，于是离开剧组，前往美国好莱坞。这一个化学专业出身的女生，她的续写别有新意。剧本里写玛丽莲·梦露在年轻人的陪伴下旅行乡间，享受普通女人的普通生活，做回自己——这位女生写道，当玛丽莲·梦露走入人群，没有被人认出，她感到失落，她更愿意是玛丽莲·梦露。这一个设计很有挑战性，它嘲笑了明星的凡人梦，很可能，女生自己并没有意识，她只是企图另辟蹊径，走出自己的路，但也可见出她在接近文学创作，不只是文字的组织，还有体察生活。

话说回去，回到我们的课堂，大叔遇到了什么？女生提供一个细节，来自她过去的化学课，化学系的晚会上，她们会制作一个魔术，一个玻璃瓶，不停地变换颜色——途中，一个小姑娘搭上大叔便车，手里托一个变色瓶，五颜六色，转啊转，炫得很，大叔就走神了！我希望她从此对学习多年的化学，至少有一点点不遗憾，乏味的实验中其实是有魔术的，而写作，这一个大魔术，却是在艰涩的努力中进行。

九
我们为什么要学习写作

最后一堂课结束了,大家意犹未尽。回望接龙的开端,我们已经走出够远,向前看,目的地更远,许多伏笔需要在未来中呼应,许多断头线,也要在未来中接续,我们召集了这些本不存在的人和事,最后将落实在什么样的结局,这个结局又意味什么,都是未知数。无论怎样,我们一起体验了小说写作,很苦恼,也会开心,总之,它不会让人厌烦。你要问我文学有什么用,我真的回答不出来,它未必能有实际的功效,赚不来很多钱,也未必助你成名,即便赚钱和成名,也未必够平衡付出的劳动。可是,有一点是可以保证的——它很有趣,很有意思。我对学生的要求并不高,我不指望他们有一天变成大作家,每一届的学生积累起来,总有百多人了,其中有一个可以变成好读者,我就很满意了。我只想让同学明白：文学是很有意思的，可帮助我们发现生活，生活其实很有意思，包括化学，那位女生曾被它折磨得忍无可忍，我希望她能与化学和解。这是我数十年写作，仍无一点倦意的原因，也是写作实践课程的目标制定。

第六章 读张爱玲与《红楼梦》

谈到现代文学，我们不能不提张爱玲。人们都把我和张爱玲视为同类型的作家，大约是因为我们都是写实派，题材多是写上海市民阶层的故事，同为女性，尤其是写作《长恨歌》以后，哈佛中国文学教授王德威给我一个命名，"海派写作"，认为我的小说从某种程度解释，可看作张爱玲的人物在1949年以后的遭际。从此就在我与前辈张爱玲之间，建立起联想，这应视作对我的褒奖。

事实上，我自认为和她不太一样，倘若她身后有知，也未必同意我与她的关系。我们是两个世代的人，她生在末世，景象很荒凉，我的时代也许有很多缺点，可在新朝开元，气象总是轩阔的。也正因为有此差别，倒激起我对她的兴趣，当然，我称不上张爱玲的研究者，很多专家、很多文章谈张爱玲，难免过度诠释，可同时她又真是一个未解的谜，吸引着人们的好奇心。近来无意中重读张爱玲的《红楼梦魇》，忽觉得还有想说的话，于是，就有了今天这一讲。

一

张爱玲的《红楼梦魇》

1955年,张爱玲到了美国,写作不像以前丰盛,从现有资料上看,生活也是窘局的。她先生赖雅年事已高,身体不好,她要独自养家,所以经常应邀为香港电懋写电影剧本。从我们目前可以看到的电影,也可得知她在电影上的成果也较平淡。她有一句著名的话,"成名要早",可有时候早熟似乎又是早衰,好运气很快用完,甚至透支。家国两变,人事更替,才华无可阻止地退潮,可以想象她的寂寥。她写《我看苏青》,称苏青"乱世佳人",激励说将来会有一个理想国,苏青叹息一声:"那有什么好呢?到那时候已经老了。在太平的世界里,我们变得寄人篱下了吗?"现如今,无论时间还是空间,张爱玲都可说"寄人篱下",是个域外人,研究《红楼梦》,就有一种乡愁在里面。也因此,和其他"红学"不同,《红楼梦魇》是可窥见研究者其人其境,即又一个"张看","张"是主体,宾语方才是"红楼"。

据张爱玲自序说,此书耗时十年,读多个版本,自拟诗文两句:"十年一觉迷考据,赢得红楼梦魇名",如此,出版了《红楼梦魇》。她虽自称"迷考据",其实我认为,她并不属考据派,至少,目的不同。她用意不在证明小说的出处、文本的历史背景、作者的身世来历——总之,虚构和事实的关系,而是从虚构到虚构。本书《三详红楼梦》一章,副题即"是创作不是自传",表明她的考据只在文本内部进行,以文本提供的条件比对、互证,回复"红楼"的本相。就是说,倘若《红楼梦》最终完成的话,将会是什么样貌。在自序中,她称自己的工作"像迷宫,像拼图游戏,又像推理侦探小说"。你们知道,张爱玲喜欢推理小说,尤其是克里斯蒂的推理小说,张爱玲和克里斯蒂的关系,又是另一个话题。克里斯蒂小说里的大侦探波罗,他经常说还原犯罪现场就像拼图游戏,缺一块不成。可是有时候,所有碎片都在,你不知道这一块在哪里,那一块又在哪里。这一块看起来在尾巴上,事实上,却在别的地方。侦探就是要把所有碎片,拼成完整的图画。张爱玲从各种版本、抄本、残本里搜索线索,尽量接近曹雪芹的初衷,呈现《红楼梦》的全景,就类似波罗的工作,还原现场。然而,对我来说,接近曹雪芹的初衷与否还不是最重要的,重要的是从张爱玲的"红楼"图景,也就是"张看"的"红楼",窥见张爱玲的世界,这是我好奇所在。

二
张爱玲的世界观

《红楼梦》的未完成，现存版本中的种种缺错，使红迷们牵肠挂肚，无法释怀。仿佛天机不可泄露，多少代人可说"上穷碧落下黄泉"，终究还是无解。越无解越欲罢不能，便成千年悬案，张爱玲就是一个解谜人。她发现不同《红楼梦》版本，宝玉、黛玉、宝钗的年龄都不同。较早的版本，他们年纪较长；后来的版本，则偏幼小。之间的差异很大，基本上，版本越晚近，年龄越小，小至十二三岁。以此推算，宝黛初次见面时才六七岁，显然与人物行为不符。因此，同一版本里，就会有前后矛盾的地方。对这年龄上的硬伤，张爱玲的解释是："中国人的伊甸园是儿童乐园。个人唯一抵制的方法是早熟。"这句话大约就可说得通，《红楼梦》中的人物虽然年纪很小，但已经通人情，识世故，而且诗书文理皆有修为。作者要他们享受纯净的快乐，没有世事负担，没有人生忧愁。但是小孩子的快乐，终究是有限的，红尘的魅惑肯定不只是儿童的。"大荒山无稽崖青埂峰"本就是伊甸园，那块顽石，死乞白赖要僧道二人带去凡间，不就是向往"富贵场温柔乡"？不记得张爱玲在哪一篇文章里写道，不动情的人生又太"轻描淡写"。怎样把更多的故事、更多的情感注入"儿童乐园"呢？张爱玲认为的方法就是早熟。按她所说，《红楼梦》里的人不长大，年岁也不添，可是心智和感情却在走入成年，就是早熟的意思。张爱玲这一句话很有意思，她说这是一个"抵制"，抵制人世，抵制长大，留在"儿童乐园"，可是儿童的世界又不令人满足，成长自有欢愉。我认为她对曹雪芹的诠释未必十分精确，但却反映出她自己的人生观念，我们将在她的小说中找到佐证。

张爱玲在《红楼梦魇》提出了只有早熟才能滞留伊甸园，伊甸园在《红楼梦》中的现身则是大观园。为佐证这个看法，她举出实例，比如关于香菱住进大观园的一节。书中《四详红楼梦》一章里，专述庚辰本有一条脂胭斋的长批："细想香菱之为人也，根基不让迎探，容貌不让凤秦，端雅不让纨钗，风流不让湘黛，贤惠不让袭平，所惜者青年罹祸，命运乖蹇，足（卒？）为侧室，且虽曾读书，不能与林湘辈并驰于海棠之社耳。然此一人岂可不入园哉？"于是，脂批继续论道，为让香菱入大观园，颇有一番筹措。首要条件，必须是薛蟠不在。我们都知道香菱是薛蟠的房中人，他要在家，香菱是脱不了身的，就要安排他远行，这"呆兄"又有什么地方可远行呢？这一条批写得有意思："曰名不可，利不可，正事不可，必得万人想不到，自己忽一发机之事方可。"就是说，不靠谱的人，行不靠谱的事，这桩事虽是偶然突发，却不能外加给他，应从人物性格出发，所以又是必然所致。这一偶发事件就是第四十七回目："呆霸王调情遭苦打 冷郎君惧祸走他乡"。呆霸王对柳湘莲起邪念，谁料想这柳湘莲其实是好出身，父母早逝，家道没落，就过着一种清士的生活，因年轻貌美，又善管弦，常被人误以为是名伶。薛蟠只看见他与宝玉亲近，更当是这路关系，自己有的是钱，有什么狎昵不得的！结果被柳湘莲狠狠整一顿，且不说受伤与受辱，单是熟人圈里的舆论，就够他受的。妹妹宝钗很识大体，压住事态，不让继续发酵。这薛蟠倒是老实了，躲在家里，不敢出门见人。就在此时，遇到一单生意，需外出远行，不由动心，一则学学买卖，二则逛逛山水，于是跑码头去了。留下香菱，宝钗就向母亲要来，带进大观园，和自己作伴。然后才有香菱学诗一节，即"慕雅女雅集苦吟诗"，不只进了园子，还有入诗社的可能,呼声很高呢！以张爱玲的看法，就是回归了伊甸园。张爱玲读了很多版本，最后她拼成的拼图，是集她所要、弃她不要，所以，我们不能以考据派的方向去读《红楼梦魇》。

关于大观园是伊甸园的观点，张爱玲还提出佐证，也是在《四详红楼梦》一章内，她举友人宋淇的《论大观园》一文中发现："像秦可卿就始终没机会入园——大观园还没造她已经死了。"秦可卿才貌德情俱全，倘活着一定也会进大观园，可是却有一段秘辛，十分不堪，张爱玲认为曹雪芹让她早死就是为了保持大观园的清洁。又提出全抄本第七十三回脂砚斋一句批语："大观园何等严肃清幽之地"，还有一批："奸邪婢岂是怡红应答者，故即逐之"。所以，张爱玲认为："红玉一有了私情事，立即被放逐，不过作者爱才，让她走得堂皇，走得光鲜，此后在狱神庙又让她大献身手，捧足了她，唯有在大观园居留权上毫不通融。"宝玉的这个小丫头红玉，背景比较好，是总管林之孝家的孩子，虽然她进大观园比较晚，但人才很出色。张爱玲心中属意于她，特别是"狱神庙慰宝玉"一回，荣府抄家势败，宝玉寄身家庙，红玉和茜雪前去探望，称其"美人恩"。"这一章的命意好到极点"，早几种版本中时隐时现，最后终于遗失不见，令人扼腕。即便如此，张爱玲依然认为不留红玉在园子里更好，是曹雪芹的本意，不可让污秽的东西进入，破坏大观园的清净。

张爱玲在《红楼梦魇》最后一章，《五详红楼梦》里写宝黛关系时有这么一句话："因此他们俩的场面是此书最晚熟的部分"，"因此"——原因比较繁复，是对"旧时真本"甄别所得，而我特别注意"晚熟"两个字，在这个用"早熟"来抵制长大、从伊甸园除籍的境遇里，晚熟又是何种用意？从人情世故说，他们不也是早熟的？早本中第二十八回内，元春从宫中送端午节礼，宝玉和宝钗的一份相同，红学家们都以为暗示元妃主张金玉联姻。而更前的回目中则以灯谜预言元春将逝，所以，没有宣布媒聘，因元春的丧仪既是国孝也是家孝，有种种忌讳，近八十回方才正式成亲。这个情节几番移动，将钗玉的婚聘推迟。张爱玲想象不出，宝玉婚后如何与黛玉相处，早早有了婚约的宝玉，免不了还要与黛玉见面，至少，必要向贾母请安，这是相当难堪的——"他们俩的关系有一种出尘之感，相形之下，有一方面已婚，就有泥土气了。"因此，他们俩命定不可结亲，就像俗话说的，有缘无分，像西方童话中火王子和水公主的关系，还像雨果《巴黎圣母院》的爱斯梅拉达和伽西莫多，一旦拥抱便化为灰烬。这一详中还提到佚名氏的《读红楼梦随笔》的抄本,解释三十一回目"因麒麟伏白首双星",预言宝钗嫁宝玉不久离世,然后再醮湘云,也遭张爱玲反感。总之,宝玉和黛玉不成,也不能与其他人成,倘若与其他人成,就从此与黛玉断绝。这两人不是尘缘而是仙缘,为加强论调,她不惜推翻"是创作不是自传",出来一个新观点——"而宝黛是根据脂砚小时候的一段恋情拟想的,可用的资料太少",于是"他们俩的场面是此书最晚熟的部分",大约也考虑到"不是自传"的定论,所以作一个变通,是脂砚而非曹雪芹的小时记忆,可不是也有一种说法吗?以为脂砚斋就是作者本人。就这样,宝黛二人延宕进入成人社会,停留在儿童时代,黛玉刚进荣府的时候,与宝玉同在贾母处居住,同宿同起,朝夕相处,要不是两个很小的孩子,可是不靠谱了。"情切切良宵花解语 意绵绵静日玉生香"的回目里,这两人挤在一张睡榻,嬉闹玩笑,也是小孩子形状。张爱玲在此一章中,特别排列两人之间的激情戏,二十九回,因张道士提亲而起,是谓"最剧烈的一次争吵";三十二回,"诉肺腑心迷活宝玉";接着,三十四回,宝玉被父亲打伤,黛玉探病;三十五回末,黛玉再来,宝玉说声"快请",即收尾。张爱玲遗憾道:"写宝黛的场面正得心应手时被斩断了,令人痛惜。"尔后又道:"这七回是二人情感上的高潮,此后几乎只是原地踏步,等候悲剧发生。"这些场面,确乎是"晚熟"的,倘是正常年龄和心智,就不合道统礼数,以贾母批判传奇话本"陈腐旧套"的话说,就是"鬼不成鬼,贼不成贼"。所以,这样热情天真的爱恋,只能发生在"儿童乐园",中国的伊甸园里,那是天上人间。

张爱玲由衷珍惜的伊甸园,活动着早熟的男女儿童,认真地

第六章 读张爱玲与《红楼梦》

玩着成人的摹仿游戏，不是吗？只有认真地游戏，才有真快乐，这就是太虚幻境牌坊两边所写："假作真时真亦假，无为有处有还无。"而她自己，却是不得不服从现实的规则，在她的小说里，罕见有"儿童乐园"，也罕见有"出尘之感"的男女（她笔下多是急煎煎要嫁人的女儿，是另一种"早熟"）、伊甸园里的少年风情，而是急于速成人生。张爱玲在《太太万岁》题记中写道："中国女人向来是一结婚立刻由少女变为中年人，跳掉了少妇这一阶段"，就像《金锁记》里的长安，人还没有长大，就已经有她寡母的举止——"搿开了两腿坐着，两只手按在胯间露出的凳子上，歪着头，下巴搁在心口上凄凄惨惨瞅住了对面的人说道：'一家有一家的苦处呀，表嫂——一家有一家的苦处！'"是不是张爱玲认为现代人不配得伊甸园，也许是张爱玲的小说观，觉得小说这一种世俗的产物，不是为伊甸园所设？那么《红楼梦》呢？显然不能当作小说看的，要是小说，也是小说的"梦魇"。然而，总归是喜欢《红楼梦》的人，而且有那样的世界观，终会有漏网的，我认为大约就是《心经》里的许小寒、《沉香屑·第二炉香》里的愫细——一个外国女子，还有《花凋》里的川嫦。当然，她们的处境都很尴尬，结局都是无果，另一种无果。

三
张爱玲的伊甸园

《心经》中的许小寒

故事在许小寒二十岁生日的派对上开始。二十岁在《红楼梦》里可老大不小了,王熙凤亦不过二十岁,已经为人妻母,掌管家政。但现代社会,进化和教育使人们普遍延长生命,就可在儿童时代延宕得久一点,所以许小寒还是个孩子。张爱玲写"她的脸,是神话里的小孩的脸,圆鼓鼓的腮帮子,尖尖下巴"。开篇第一幅场景,是险伶伶地坐在屋顶花园的水泥栏杆上,"介于天与上海之间",可说是仙境幻化于人间的图画。这天,许小寒请了要好的女同学参加她的生日晚会,一群未嫁的女生聚在一起,莺莺燕燕,吱吱喳喳,也有点伊甸园的意思了。但和大观园里人的娱乐不同,非棋琴书画,而是吃零食,看电影,男朋友,是非八卦——这大约可认作"早熟"了,"儿童乐园"中的世故人情。但许小寒是个例外,她不想长大,是一个晚熟的人。女生间交换衣饰,她戴了闺蜜段绫卿的樱桃红月钩式的耳环,显得年长几岁,就是说有成熟的风韵,却立即摘下来发誓:"我一辈子也不佩戴这个。"段绫卿说:"你难道打算做一辈子小孩子?"她的回答很微妙:"我就守在家里做一辈子孩子,又怎么着?不见得我家里有谁容不得我!"这个"谁"其实就是指她的父亲许峰仪,一个成功的生意人,文中描写他"高大身材,苍黑脸",听起来颇为男性,而且很年轻,有时会被人认为是许小寒的男朋友。这是许小寒很欢迎的误会,也是她不愿意长大的缘故,唯有父亲许峰仪知道:"你怕你长大了,我们就要生疏了,是不是?"父女俩亲密的时候,母亲进来了,颇有意味地说:"小寒说小也不小了,……二十岁的人了——"总之,二十岁的生日,要与过往说一声再见,否则,很多事情的性质就要改变,伊甸园里的男女可能就会变成"洛丽塔"。而许峰仪自许为:"我是极其赞成健康的,正常的爱。"

  这对父女之间,何以产生这不伦之恋?张爱玲没有作详细的交代,看起来更像是许小寒一厢情愿,不是要用早熟来抵抗逐出伊甸园吗?许小寒不想长大,荷尔蒙按正常规律成熟和分泌,她要做一个早熟的小孩子,在她的伊甸园里没有宝玉这样可与其配对的人,她最易寻找的就是身边的异性,没有兄弟,就找她的父亲。父亲那端又是什么样的情形,张爱玲透露了一点,也是二十岁生日的次日。那真是决定性的年龄,父亲说:"事情是怎样开头的,我并不知道。七八年了——你才那么点高的时候……"七八年之前,许小寒十二三岁,正是大观园里宝玉、黛玉的年龄,而父亲是一个成年人，无论承认不承认，无论怎么"赞成健康的，正常的爱"，当时当地，多少有一点"洛丽塔"情结，但是不那么彻底，大约只是停留在审美，而无法进入情欲。后来寻找的外室段绫卿，长得像许小寒，是长大的许小寒。两个人对着镜子照，果然很相像，只是段绫卿"凝重"些，"凝重"两个字不是很有意味？而对于许小寒的晚熟，许峰仪并不能同情。还是在二十岁生日的晚上，许峰仪对许小寒说："你对我用不着时时刻刻装出孩子气的模样"，二十岁是个坎，勿管愿不愿意，必须脱离"儿童乐园"了，至少，许峰仪是不想作陪了。下一晚，有一个画面，父女俩一个里一个外，隔着一扇玻璃门，张爱玲写道："隔着玻璃，峰仪的手按在小寒的胳膊上——象牙黄的圆圆的手臂，袍子是幻丽的花洋纱，朱漆似的红底子，上面印着青头白脸的孩子，无数的孩子在他的指头缝里蠕动。小寒——那可爱的大孩子，有着丰泽的，象牙黄的肉体的大孩子……峰仪猛力掣回他的手……"是生怕被不伦的爱再一次攫住？又似乎更像是心理上起了反感。一个大孩子，虚假的"洛丽塔"，他宁可要一个长大的，至少有"健康的，正常的爱"。于是，许小寒一个人滞留在伊甸园里，早熟的心和晚熟的形最后都落得孑然一身。

  张爱玲是一个严苛的写实主义者，现实的力量对她来说是非常强大的，她没法阻止她的人物长大，也无法让伊甸园实现，只可让它破产。但是既是知道不可能，为什么又要虚晃一枪，眼睁睁看着人物狼狈地失败？她似乎总是告诉我们不可能，而不是可能，人们难免以为她对人世是失望的，五四的人对人世都是失望的，奋而起来启蒙，张爱玲并不愿意被归入新文学同人，自认是旧传统里的人，对启蒙也有着刻薄的讥诮。但事实上呢，她对人世的失望里又存着某些向往，例如她在散文《谈女人》里谈到尤金·奥尼尔《大神布朗》里的地母，可见她对神性的敬仰，还有宝玉和黛玉，这一对出尘的人，最终消散于无形，"质本洁来还洁去"。只是有太多的因素阻挡人回归伊甸园，尤其现代人，走出太远，走在了下坡路上。

《沉香屑·第二炉香》中的愫细

《沉香屑·第二炉香》的女主角愫细蜜秋儿，是个外国人，因讲述人是英国爱尔兰裔，所以就假定愫细也是与其同族的人。张爱玲对寄居香港或者上海的外国侨民总是带有刻薄的悲悯，从她给女主角的译名"愫细蜜秋儿"，也流露出一点亵玩的意味。再是殖民者的身份，总是在客边，久而久之，他们既不像本国人又不像异国人，仿佛在文明和原始之间。张爱玲描写他们的表情都是落寞的，行为也很乖戾，似乎对将来去国的处境预先作出自嘲。其时，她挑选愫细担纲故事的情节，可能与素材的来源有关；亦可能因为，身处教养空窗的女子更合适出任这尴尬角色；或者，我猜测还有一种无意识的意识，那就是西人的面孔不是很像伊甸园里的夏娃，偷吃禁果之前天真的夏娃——她的丈夫不是说她是"这么一个稚气的夫人"？而他很快就要尝到"稚气"的苦果了。

愫细蜜秋儿当然是长得非常漂亮，比许小寒长一岁，二十一岁，但是严格的家教，孤立的文化背景，张爱玲写道："她的心理的发育也没有成熟，但是她的惊人的美貌不能容许她晚婚。"因此，事实上，她可能比许小寒更孩子气。故事开始在她大喜的那一日。丈夫名叫罗杰，也是英国人，在香港某一所大学教了十五年书，四十岁光景，与许小寒的父亲差不多年纪。悬殊的年纪是可让人有儿童的错觉，有晚熟的理由，同时又是早熟的，小孩做大人事，如结婚。这些延宕在伊甸园里的人，和大观园的人相反，大观园中人是用"早熟"充实伊甸园的欢乐，年龄不长，心智长；张爱玲小说里人则相反，年龄依着自然规律长，心智却不长，好像专门提供给"洛丽塔"情结的礼物。

这一天的早上，罗杰去到丈母娘的家，明知道看不见新娘，因为在进礼拜堂前，新人不应当见面，但是他很激动，还是想去一次，似乎为了证实新娘在不在，心里才踏实，热恋中的人总是焦虑的。他找了一个名义，送花，就这么去了。可是，这一次造访不太顺利。当天天气非常燥热，说不出是阴还是晴，好像已经有不祥的预兆。但他还是很激动，因为他要娶一个漂亮的白种姑娘了，在异国他乡找到同种族的人是不容易的。第二件令他感到沮丧的事情是，当他走进丈母娘家，发现家中的气氛很凄惨，愫细的母亲泪痕满面。他当然知道女孩出嫁是一个人生的嬗变，哭一哭也是正常，但他还是感到扫兴。第三件令他难堪的事情——是她的姐姐。她的姐姐靡丽笙——张爱玲为人名译音选择的汉字多是古怪的，含着轻慢。靡丽笙是个离婚女人，她的表现非常失态，她向罗杰控诉她的前夫是个"禽兽"，为妹妹的婚姻担心，当罗杰安慰她，"禽兽"式的男人终归少数，她回答道："你怎么知道你不是少数中的一个？"这话说得再明白不过了，就是他亦有可能是"禽兽"，而愫细同样有可能在婚姻里受伤，落入靡丽笙命运的窠臼。种种迹象都显示出不吉利,心情大受影响,变得烦躁不安,婚礼依然如期进行。可是,初婚之夜,到底出事了,愫细从新房里逃走,因罗杰是男生宿舍的舍监,所以,逃跑的新娘跑进了学生宿舍。老师的新娘出现在男生宿舍,衣衫不整,一派受侮辱与受损害的模样,男孩子们立刻激愤起来,簇拥去到校长宅第。校长劝她回罗杰身边,孩子们越加激愤,觉得校长不公平,因为和老师罗杰向来交好,难免护短,于是再簇拥往教务主任办公室。事情闹得不可开交,当事人罗杰却还不知道究竟发生什么事,新娘又去了哪里,百思不解之后终于觉悟起来,那就是:"原来靡丽笙的丈夫是一个顶普通的人!和他一模一样的一个普通的人!"校长哂笑着说:"她还是个孩子……一个任性的孩子……"从愫细娘家接妻子回到他们的新房后,愫细允许他吻她了,似乎有转机的可能,但是他已经对"稚气"生畏,原先撩动欲望的"小蓝牙齿",婴儿般的,变成"庞大的黑影子在头顶上晃动"。这一段荒唐滑稽的公案的结局是罗杰失去工作,得"禽兽"名称,步靡丽笙前夫的后尘,自杀了。张爱玲是毫不容情的,她揭示出"晚熟"的可笑,几乎是残酷的,都能杀人,反推出"儿童乐园"的虚假和伪善。看起来并不仅在于中国人有没有伊甸园的可能,还针对所有的现代人,靡丽笙和愫细蜜秋儿不都是英国人吗?张爱玲对现实社会的伊甸园完全没有信心。这是第二部关于人间伊甸园的悲剧。

《花凋》中的川嫦

第三部小说,就是《花凋》。《花凋》里的川嫦,我觉得是触动张爱玲恻隐之心的,她流露出惋惜,不像对待前面两位那样尖锐。这个女子也不像前面的两位,非要以早熟或者晚熟抵抗人生,她是驯服的,没有一点造作,因循自然规律成长,如果一切顺利,不出意外,她就当告别儿童乐园,然后走入成人世界,为人妻母。以她的性格,大概会是《红玫瑰与白玫瑰》里的白玫瑰孟烟鹂,遭到张爱玲的刻薄。但世事难料,疾病挽留住她,不让她继续长大,只得在"儿童乐园"里终局。而她的"乐园"是多么不靠谱,张爱玲对她的双亲如此描写:"郑先生是连演四十年的一出闹剧,他夫人则是一出冗长单调的悲剧。"然后又为闹剧和悲剧的结合画像:"说不上来郑家是穷还是阔。呼奴使婢的一大家子人,住了一幢洋房,床只有两只,小姐们每晚抱了铺盖到客室里打地铺。客室里稀稀朗朗几件家具也是借来的,只有一架无线电是自己置的,留声机屉子里有最新的流行唱片。他们不断地吃零食,全家坐了汽车看电影去。孩子蛀了牙齿没钱补,在学校里买不起钢笔头。佣人们因为积欠工资过多,不得不做下去。下人在厨房里开一桌饭,全巷堂的底下人都来分享,八仙桌四周的长板凳上挤满了人。厨子的远房本家上城来的时候,向来是耽搁在郑公馆里。"张爱玲笔下,女儿们的娘家,大约是现实化的伊甸园,又是她的笔下,女儿们来不及往外逃。《倾城之恋》里的白流苏算一个;《封锁》里的吴翠远算一个;《金锁记》的长安也算一个;《鸿鸾禧》的邱玉清算一个,两个小姑子二乔和四美是想逃但来不及逃的两个……因此,张爱玲关于人生走下坡路的论调,证明之一大约就是伊甸园变得越来越粗鄙了。

郑先生"有钱的时候在外面生孩子,没钱的时候在家里生孩子",女儿们看来很体面,像千金小姐,实际上过的是你争我斗的生活。川嫦是女孩子里排行最末的那一个,身体比较弱,性格也是弱的,争不过姐姐,常常被欺压。即便是在这样的环境和生活,她还是有自己的快乐,她简单的头脑里,总是抱着希望,张爱玲称之为"痴心",事情会好起来。果不其然,姐姐们都出嫁以后,从屈抑中焕发出来,她突然变得漂亮了,适时交了男朋友章云藩。章云藩上门的情形,有一点让人想起《金锁记》里童世舫造访长安家的一幕。虽然郑太太不像曹七巧,章云藩也不像童世舫,川嫦更不是长安,但是同样有一种不祥,这里或者那里,潜藏着一劫。事情往不同方向发展,章云藩没有被这个古怪的家庭吓退,依然保持交往,并且婚期临近。可是就在此时,川嫦患了肺病。在那个时代肺病就是个绝症,治愈的概率极有限。章云藩很仁义,依然没有退缩,而是天天探望她,替她注射空气针。可是天不由人,她继续病着,两年过去,章云藩终于有了新女友。长安的失婚可以怪罪母亲曹七巧,川嫦就无人可怪了,只能怪她命不好,应了坊间一句话,人算不如天算,可见张爱玲是不相信好运气这一说的。就这样,川嫦在病床上挨着日子,自觉来日无多。有一天,让老妈子背她下楼,雇一辆三轮车,在外面逛一圈。坐在车上看看市容,西菜馆里吃一顿饭,电影院里坐了两个小时——都会里的伊甸园,统不过是消费型的,非常人间化,就像《心经》里,许小寒的派对,吃、喝、八卦、电影、男朋友。这是一个告别,不久后川嫦就死了,这一年她也是二十一岁。小说开篇,写的是父母为川嫦修墓,"坟前添了个白大理石的天使,垂着头,合着手,脚底下环绕着一群小天使。"这群小天使,很像《心经》里,父女俩隔着玻璃门,许峰仪看见的画面。"在石头的缝里，翻飞着白石的头发，白石的裙褶子，露出一身健壮的肉，乳白的肉冻子，冰凉的。"这些天使，它们可是有伊甸园的户籍的，就像不愿长大的儿童，早熟的儿童，或者说晚熟的成人，无论怎样，都让张爱玲不仅心理甚至生理上感到恶心。显见得她以为世间人都不配拥有《红楼梦》里的大观园，只能在不伦的爱、愚蠢无知和疾病里消耗我们的"儿童乐园"。这是我看《红楼梦魇》的第一点心得。

四
张爱玲的文艺观

第二点就涉及到作者对文学的观念。

《红楼梦魇》第一章《红楼梦未完》，张爱玲检点《红楼梦》几种续书，发现关于尤二姐、尤三姐的描写有不同之处。脂本中，二尤与姐夫贾珍早有瓜葛，而且更甚，全本亦是今本第六十四回中，还有蛛丝马迹："却说贾琏素日既闻尤氏姐妹之名，恨无缘得见。近因贾敬停灵在家，每日与二姐三姐相认已熟，不禁动了垂涎之意。况知与贾珍贾蓉等素有聚麀之诮，因而乘机百般撩拨，眉目传情。"张爱玲从"贾珍贾蓉等"字样看出，并不止父子二人，可能还包括贾蔷。如此不堪，比焦大的恶骂还丑陋。但是在某一种续书里，尤三姐改为完人，旧本第一百十六回宝玉重游太虚幻境竟还遇见她，"如照脂本与贾珍有染，怎么有资格入太虚幻境？"张爱玲如是说。后又写道："而且二尤并提，续书者既已将尤三姐改为贞女，尤二姐方面也可能是谣言。"张爱玲还断定，续书人还斗胆将前文动掉一句传神之笔："珍蓉父子回家奔丧，听见二位姨娘来了，贾蓉'便向贾珍一笑'，改为'喜得笑容满面'。"以取消聚优的嫌疑。二尤的形状在此续本中得到翻案，至少看得过眼，张爱玲是这样去解释的："但是续书人本着通俗小说家的观点，觉得尤二姐至多失身于贾珍，再有别人，往后的遭遇就太不使人同情了。"在此提到"通俗小说家"，并且，显然是有微词。虽然她数度表示对鸳鸯蝴蝶小说的好感，而划清与五四知识分子写作界线，事实上，多少有一点言不由衷。

同一章节，又有一处引我注意。第五回"游幻境指迷十二钗 饮仙醪曲演红楼梦"中，关于妙玉的曲文中有这样的句子"风尘肮脏违心愿，好一似无瑕白玉遭泥陷"，张爱玲说"落风尘向指为娼"，诸种旧本，续书对妙玉归宿的大方向无出入，都说是被强盗劫走，以曲文透露的命运，应是卖入妓院，续书有含糊其辞的，"不知妙玉被劫，或是甘受污辱。还是不屈而死，不知下落，也难妄拟"；有避而不谈的，写群盗落网，"'解到法司衙门审问去了，'邢大舅道：'咱们别管这些，快吃饭罢，今夜做个大输赢，'"断开了；又有甲本经人补写，写强盗被追捕——"恍惚有人说是有个内地里的人，城里犯了事，抢了一个女人下海去了。那女人不依，被那贼寇杀了。"张爱玲讥讽道："这大概是卫道的甲本的手笔，一定要妙玉不屈而死才放心，宁可不符堕落的预言。"这观念看起来挺五四的，无论对"通俗小说家"的不屑，还是"卫道"的可笑，都与五四有所关系。那么，我们究竟应该如何看待张爱玲和五四的关系呢？

第六章　读张爱玲与《红楼梦》

五

张爱玲与五四运动

张爱玲自许"国粹",比较著名的一句是关于小提琴——"我最怕的是凡哑林,水一般地流着,将人生紧紧把握贴恋着的一切东西都流了去了。胡琴就好得多,虽然也苍凉,到临了总像着北方人的'话又说回来了',远兜远转,依然回到人间。"这一句其实有一种微妙,似乎对小提琴的不喜欢是因为它揭开了人生的真相,使人坠入虚无,而胡琴则是挽回了生活的兴致,有点像中国人的"禅",将极端的性质中和了。大约是因此,张爱玲常引五四为笑谈,也是在同一篇散文《谈音乐》中,也是同样的著名,她写道:"大规模的交响乐自然又不同,那是浩浩荡荡五四运动一般地冲了来,把每一个人的声音都变了它的声音,前后左右呼啸喊嚓的都是自己的声音,人一开口就震惊于自己的声音的深宏远大……"她又说:"我是中国人,喜欢喧哗吵闹,中国的锣鼓是不问情由，劈头劈脑打下来的，再吵些我也能够忍受，但是交响乐的攻势是慢慢来的，需要不少时间把大喇叭小喇叭钢琴凡哑林一一安排布置，四下里埋伏起来，此起彼应，这样有计划的阴谋我害怕。"这话说得很俏皮，又有些自贬，似乎宁可做不讲理的中国人，也不要接受西方人的道理，带着一股拒绝，且又像是遮蔽，遮蔽某一种真情实感，因为言不符实，不符合她一贯以为的人生在走下坡路的悲观。她还有一篇散文，题目就有意味：《洋人看京戏及其他》——我其实并不情愿到作者散文里去找佐证，一个小说家最能体现对世界看法的是虚构的文本——小说，散文则接近自供，提供的是旁证，最后还是回到小说。这篇散文题目是"洋人看"，而不是"张看"，这双洋人的眼睛是不是可以解释作启蒙的发现？是张爱玲不愿意向五四新文化妥协，借"洋人"作一个障眼法。"洋人"也是不那么恭敬的一个称呼，稍比"番人"好一点点。从洋人的眼睛里看见了什么呢？《秋海棠》里最动人的唱词"酒逢知己千杯少，话不投机半句多"，很平常的一句，但在秋海棠的境遇里"凭空添上了无限的苍凉感慨"；《红鬃烈马》薛平贵的自私，却依然写成一个好人，"京戏的可爱就在这种浑朴含蓄处"；《乌盆记》里冤魂幽禁在便桶里，"西方人绝对不能了解，怎么这种污秽可笑的，提也不能提的事竟与崇高的悲剧成分掺杂在一起"；还有《空城计》，她"只想掉眼泪"，因觉得诸葛亮内心或许有"不值得"之感，于是"锣鼓喧天中，略有点凄寂的况味"……说是西方人不懂，可明明又是"洋人看"，倘若没有洋人的眼睛，这些"况味"大约是得不出来的。中国人走进现代，才对悠久的文明生出苍凉的心情，张爱玲身在其中，也不可脱其影响。

她还有一篇散文《谈看书》，文章只谈两部分，一是西方小说，一是民国小说，没有提及五四新小说，感觉她越过了五四，直接从西方里获取养料。显然，她对西方小说不如交响乐的反感，前面也说过，她对尤金·奥尼尔《大神布朗》的感动。《谈看书》里，她耐心地复述多篇西方小说，并且提到一个人物郁达夫，可见她还是读新文学作品的，她提到郁达夫常用的一个西方概念，她译成"三底门答尔"（sentimental），她没有直接肯定或否定这个概念，只是以此作为衡量，凡"三底门答尔"的大概都属通俗小说，而"现代西方态度严肃的文艺，至少在宗旨上力避'三底门答尔'"，我认为应是伤感主义的意思吧。以此可见，张爱玲对西方文学观念是很注意而且研究的。有时候一个作者表述自己，会受某一种情绪控制，所以我们要会听话。她谈到美国的"行业小说"，应属"类型小说"，她真看了不少，对它们的路数也相当了解，以为"远不及中国的社会小说"，但也承认趋势下沉。这里又提到新文艺一次，"清末民初的讽刺小说的宣传教育性，被新文艺继承了去"，也透露给我们，张爱玲还是关注新文艺的。不知道张爱玲有没有读过苏联小说《日瓦戈医生》，倘若读过我估计她会喜欢，它是说当旧生活腐烂了，新生活脱胎而出的痛苦，终于来临平安的时代，乱世里人又好比"寄人篱下"。旧时代的人世，五四是要以启蒙来改造的，而张爱玲则以为是历史的必然，不动是走下坡路，动则也是下坡路。她的小说《五四遗事》，可说将这观念具体和生动化了。

这是一部颇有讽刺意味的小说，主题与鲁迅的《伤逝》接近，说的都是革命的不彻底性，使生活没有进步反而倒退了。但不同的是，《伤逝》充满着惋惜的痛楚，《五四遗事》则自头至尾都透露着谐谑，犹如一出滑稽戏。故事讲的是一对自由恋爱的男女，女方姓范，文中很西式地称之"密斯范"，是女校高材生，新女性的代表。男方也是很新式地简称一个字"罗"，中学教书先生，已经结婚。五四时期的自由男女仔细推敲总有一点不对等，女性常是单身，革命性的恋爱往往是人生第一次，属初恋；男性却多已经完成封建家庭交予的责任，结婚甚至生子，鲁迅不也有母亲赠送的礼物——朱氏？就这样，已婚的罗和密斯范情投意合，私订终身。这一天罗先生向家中宣布，和妻子离婚，之后便是分居和交涉，拖延数年。密斯范终于等不起了，开始另觅婚嫁机会，对象是个开当铺的，不是先进男女里的人，但交往倒已染了时下风气，有点新派的意思，约会吃的是西餐，订婚物也依西方规矩，送一枚钻戒。此事刺激了罗，离婚这种事本来"开弓没有回头箭"，只有再接再厉，赔付巨款作赡养费，协议离婚。是不是负气，还是本来就有点厌倦，娶了一位极年轻有钱的王小姐，给王小姐买了一颗更大的钻石。密斯范这头的事却不大顺利，当铺老板到底不怎么信任新女性，又听说密斯范以前交过男朋友，婚事就取消了。罗和密斯范同在杭州城，难免抬头不见低头见，且又挡不住昔日的同道推波助澜，于是巧不巧地，邂逅在西湖，鸳梦重温，旧情复燃。罗又回家和王小姐闹离婚，这一回就是走法庭，打官司，再一番倾家荡产，换来离婚书。有情人终成眷属，这一对旧好到底走在了一起，照理说应该从此着幸福的生活。可是事与愿违，又是事山必然，结婚后的日子过得就像《花凋》里的郑家，潦倒得很。当年的丽人密斯范呢，无味如《红玫瑰与白玫瑰》的孟烟鹂，琐碎如《留情》里的敦凤，乖戾则有《金锁记》曹七巧之风范。张爱玲对婚姻似乎一律无兴趣,她笔下的家庭无论旧还是新都没有幸福可言,唯一的例外大约可算《倾城之恋》的范柳原和白流苏,"成千上万的人死去,成千上万的人痛苦着,跟着是惊天动地的大改革……"终于换来,是一个传奇,其实她又不相信奇迹。罗和密斯范结婚时在西湖边新建成的白色房子,很快变得旧了,里边的人旧得更厉害,脆弱时又听说王小姐还未嫁,就有多人事撮合,不叫"纳妾",而是"接她回来"。再接着,又有罗家族中的长辈诘问:"既然把王家的接回来了,你第一个太太为什么不接回来?让人家说你不公平。"于是,罗就有了三个妻子,朋友们很促狭地取笑道:"至少你们不用另外找搭子。关起门来就是一桌麻将。"故事结束,既没有伤感主义"三底门答尔",也不是批判现实主义的严肃,大约有一点从民国讽刺小说移植过来的"宣传教育性",移植到哪里?她不会同意是新文艺,因为有成见。张爱玲确是现代文学里的一个另类,就依她意见,不归到五四文学,但是无疑地,她是在西方启蒙思想影响下的小说家,从这点说,她又是和五四同源。

张爱玲小说写的多是小市民,既不在知识分子以为有启蒙价值的范围里,也不在左翼文艺歌颂的群体,是被摈弃的人生,但在张爱玲,却是在"成千上万的人死去,成千上万的人痛苦着"的"成千上万的人"里,以众生平等的观念,不也是五四的民主科学精神?对这平庸的人群,张爱玲自有看法,在散文《自己的文章》里,她为小说《连环套》作辩护——傅雷批评为"恶俗的漫画气息。"她写道:"姘居的女人呢,她们的原来地位总比男人还要低些,但多是些有着泼辣的生命力的。"很有意思,虽然不是革命的，可是有生命力。回头看她的《倾城之恋》，白流苏也是有生命力的一个。她争夺范柳原，是把自己的人生作赌注的，每一步跨出去都没有回头路。她随范柳原去香港，先是在舆论上，然后在事实上，成为"姘居的女人"，范柳原则是可进可退，这有点像托尔斯泰的《安娜·卡列尼娜》，安娜与佛伦斯基同居，前者被逐出社交圈，后者却依然正常地生活。所以白流苏走出这一步是非常悲壮的，张爱玲给出一个香港沦陷的背景，仿佛是赋予烈士的形象。《金锁记》里的曹七巧更是原始野蛮，张爱玲的野蛮人是在物质文明里，原始性异化成强烈的破坏欲望。沈从文的原始性是在自然山水之间，和谐美好，现代都会却是原始人的囚笼，势必是可怖的，也会被风雅的先生们视作"恶俗"。

以上就是我对《红楼梦魇》的两点心得，是与认识张爱玲有关。一点是她对人世的看法，人世最好的时候是在儿童，最好不要长大，但是不长大又很尴尬。也是个人处境使然，生活在乱世里，看不到好起来的迹象，哪里有一个大观园？第二点就是她的文艺观，无论张爱玲怎样抽离她和五四的关系，还是时代中人。尤其她对通俗与严肃的分界，显然得之于西方小说思想。

后记

有这本讲稿集,最初的起因是2015年,香港城市大学中国文化中心前后期主任——郑培凯与李孝悌二位教授共同邀约,让我担任该中心短期客座,先后作六堂公开讲课。每每开班,都有张为群博士主持,李桂芳等秘书行政安排坐席,传递话筒。课程过半的时间,城市大学出版社朱国斌社长及编辑陈明慧提议,把讲稿整理成书出版。之后,便是出版社同仁们的辛苦劳动,记录六次课堂录音,分章节,定标题,提纲挈领,结构框架,同时添加注释,严谨细节。这工作既耗脑力,又耗体力,费时将近一年。

当我通读全稿,时时体会到整理者的苦心。顺口说出的字词,没头没尾的半截话,口头禅,往往语多不详,真仿佛乱草中寻觅路径。在讲堂现场,课题排序为:"我与写作""小说那点事""阅读""类型小说""张爱玲与《红楼梦》"和"小说课堂"。整理者将"类型小说"调前到第三的位置,"小说那点事"延到第四,并将题名改为"从小说谈文字",其他题目亦有文字的添加。这一改我认为极好,它强调了小说与文字的关系,将文字推上前台。

当然,也向我提出挑战,透露出立论立据的不足之处,推使我继续深进,为今后的思考增添了项目。整理者还将最后两讲互换,"小说课堂"第五,"张爱玲和《红楼梦》"殿后——我理解为出于分类的需要,谈小说的集一辑,谈具体个人的单立。而且,请张爱玲压尾比较有分量,不是吗?那一讲,听众最多。看起来,张爱玲在香港的号召力远未到收势之时。

这六讲里,"我与写作"——现取其大意微调作《小说与我》为书名,我是赞同的,因有讲故事的意思,读者会喜欢,单篇则题为"开展写作生涯";"阅读"即书中的"漫谈阅读与写作";"小说那点事"即"从小说谈文字"。这三讲是旧课目,曾经在不同场合用过,只是补充了观点,增添实例。严格说,我不太具备讲师的职业质素,不能在一个课题上常讲常新,而是疲意频发,需要不断地更换,才可激起讲述的欲望。于是,就像俗谚里的熊瞎子掰棒子,讲一课,丢一课,难免地陷于匮乏,是我不轻易接受邀约的原因。所幸在复旦大学教授创意写作,是工作坊的形式,情形每每不同,就没有一致的模式可供复制,也因此多年教学而不生厌。"小说课堂"就记叙了上课的过程,成为一个全新的讲题。同样的第一次进课堂,又有"类型小说",即"细看类型小说""张爱玲和《红楼梦》"。因为是生疏的功课,就将它们排在后三讲里,也因为不成熟,整理者很费力气,自己通读也屡屡遭遇不顺,总感觉不够缜密,勉强成稿,还是有许多遗憾的。一个问题从产生到完成,需经过漫长的过程,急是急不来的,讲一次也是不够的,所以,一定数量的重复是必要的。

这本书的来历大概就是这些。顺便说一些题外话——住校的花絮。城大的食堂是我有限的经验中,最好的学校食堂,天天都像美食节,点餐与领餐简便快捷。高峰时段,窗口都有人指导引领，不致误了进食。城大与又一城商场贯通，其中的电影院排片密集，比内地的院线剧目丰富，不可同日而语。临走那一天，飞机航班延误，竟还赶上一部新片，美国电影《心踪罪》(*Dark Places*，又译《暗黑之地》)。打扫卫生的姐姐是昔日保安镇上人，可说大陆改革开放的见证人和受益者，聊天中便收获一段亲历历史。在香港文化中心看了一场现代舞，新人新作集锦，其中最有印象的是一名越南舞蹈人的作品，似乎以土著人的祭祀为素材，释放身体的原始性，是有神论的诠释。偶有一日，经过一条沿海街市，名"新填地街"，倏忽间，香港的地理历史扑面而来。

王安忆

2017 年 2 月 26 日　上海

编后感

"初识"王安忆是念大学的时候,那时选修比较文学,知道了她和她的小说,并读了她的"三恋"(《荒山之恋》《小城之恋》《锦绣谷之恋》)。没想到二十多年后,这位遥不可及的著名作家来到香港城市大学中国文化中心当短期客座教授,而我居然有机会主持她的讲座,与她一边喝下午茶一边做访问,甚至给她编书、写编后感,实在不可思议,总觉得不够资格也不好意思在此沾光。(城大出版社的编辑陈明慧小姐让我写序,因为王安忆已写了一篇后记,但无论如何,我只可居后,绝不敢在前,就把序改为编后感好了,这个位置我比较舒服自在。)

中学及大学时代,看小说相对多,除了消闲的,还有严肃的,既有古有今,亦有中有外。记得每次考完试,第一件想做的事就是到图书馆借书看,特别是小说。后来读研究院和工作,要写论文、备课,看得最多的就是学术类的文章和书籍,读小说变成非常奢侈的事。不过当时因要帮退休赋闲在家的父亲借小说消遣,又不得不偶尔关注一下小说的发展情况,比如有哪些好的作家,有哪些好的小说,有哪些是大受好评的,自然而然王安忆的小说必定在我的借书名单上,例如她的"三恋"及《长恨歌》《天香》《小鲍庄》《上种红莲下种藕》《桃之夭夭》等,无不一本本从学校图书馆搬回家然后又搬回学校。虽说是打发时间，但父亲的要求绝对不低，读完总会跟我分享几句，比如哪一本写得好，哪一位作家的可继续借，哪一位的不用再借了。其间在他的力荐下，我偷闲读了几本。

2012年父亲往生后，我与小说的因缘似乎中断了，直至2015年9月王安忆的到来，因为主持她的讲座、听她的讲座、与她交流，过去我与小说的记忆又浮现眼前，她的演讲一点一滴地滋润着我、启发着我，相信不光是我，对很多闻风而至的听众、"粉丝"也一定具有各种的意义。听众年龄层很广，有年纪比她大的，有跟她差不多的，也有年轻的学生，她的影响力和知名度于此可见一斑。不胫而走的名声，城大出版社对她一系列的讲座很感兴趣，希望藉此恢复出版间断了好些日子的"中国文化中心讲座系列"文集，作为中国文化中心的一员，我欣然答应参与编校工作。这次出版社出力不少，他们在2016年年初就把演讲稿整理好。我看了稿后提了一些想法和建议，一年后再现眼前时，各篇内容就有了不同程度的修订和增补。演讲和文字出版压根是两码子的事，我万万没想到王安忆后期也花了不少精力时间在这些文稿的修订上。记得最初跟她提这事，她好像有点保留，认为有些内容已经讲过，出版的意义不大，但估计是看了整理好的初稿后，轮廓框架清晰了很多，为了精益求精，她似乎不期然地在里面添补上一些新内容，出来的效果很不错，比较完整和充实，希望这本书出来后，她会满意。

有的知识学问技能可以传授，也比较容易传授，有的却不容易，例如写作，可否传授？历来见解不一。我深信程序化的创作，出来的作品一定不会好到那里去，教写作实在是挺困难的。王安忆认为文学创作天赋最重要，但教育多少也能起到一点作用。她在复旦大学中文系主要教创作，她是怎样教的呢？她又是怎样创作小说的呢？如果你从头到尾把这本书读一遍，你大概就能明白。这是一本谈小说的书，书名《小说与我》，"小说"固然是重点，但"我"更不可忽视。读着读着，你既了解了"小说"，同时也了解了王安忆。她坦诚分享写作经验，直面自己的过去与现状，检视自身的成长历程、心路历程。若跟她接触过，就会感觉到这些分享、这些文字就如她的人一样，特别真诚朴实。她不是空泛枯燥地说理论谈方法，而是趣味十足地，透过不同的经历或小故事带出写作的过程与意义，读者好比在看小说，有追看的劲儿。的确，她的演讲能力很强，词汇丰富，表述清晰，谈了很多的体会，并举了不少古今中外的例子，足见阅读之广之多，理性的研究与归纳能力也很到位。她敏感细腻，阅读精细，听她解剖别人的小说故事，例如她谈到小说文字，便用了阿城的《孩子王》、日本电影《编舟记》及雨果的《巴黎圣母院》为例子，抽丝剥茧，恰到好处。可以很肯定地说由于她长年写故事、说故事，她对这些作者的构想都了如指掌。在此"旁听"了她在复旦大学别开生面的"小说课堂"，极富创意又有趣味，学生都受到感染和启迪，全情投入构思和创作。

相信每个人都有一段"小说与我"的记忆，可能牵涉到不同的方面，例如人、事、物、情、理等，而这本《小说与我》必将唤起大家与小说的点滴记忆。

张为群

2017 年 4 月 11 日

于香港城市大学中国文化中心